想定外ですが最愛の幼馴染みに奪われましょう

～初恋夫婦の略奪婚～

m a r m a l a d e b u n k o

黒乃　梓

JN031800

マーマレード文庫

目次

想定外ですが最愛の幼馴染みに奪われましょう
～初恋夫婦の略奪婚～

想定外ですが最愛の幼馴染みに奪われましょう

〜初恋夫婦の略奪婚〜

プロローグ

何度も左手の薬指にはめている指輪を見ては、懐かしい父の言葉がよみがえる。

『わかながそのときに正しいと思った行動を取ればいい。正しさや結果なんてあとからついてくるんだ』

そう言っていつも私の背中を押してくれた。味方でいてくれた。豪快で真面目で、前向き。どんなときでも優しさを忘れない父が私は大好きだ。

『たとえ失敗しても、泣いて傷つくことがあっても、その経験は全部優しさに変えられる。わかなは相手を許せる人間になってほしい』

とはいえ私もそこまで心の広い人間でもない。まずはこの結婚指輪。デザイン性や私の好みなどまったく無視された大きな宝石だけが煌めき、まさに見せびらかすためだけの代物だ。本当に形だけ。

実際に見栄と虚栄が詰め込まれたこの指輪を見てもなにも心動かされない。サイズも合っていない。はずせるのならはずしてしまいたいが、そういうわけにもいかなそうだ。

こういったものをこれからも許していかなければならないのかと、ため息をつく。

せめてもの救いは、お気に入りの着物を着られていることだ。母から譲り受け、赤地に様々な吉祥文様《きっしょうもんよう》が描かれた派手すぎず艶やかな柄がとても眩しい。

彼にはもっといい着物を用意しろと言われたが、私は譲らなかった。これを着るのは最後かもしれないから。

晴れ着という言葉通りいつか特別な日に着るのだと楽しみにしていたのに、残念ながらそれは叶わず、心にはどんよりと暗雲が覆っている。

朝から美容院に行ってヘアメイクと着付けをしてもらい『モデルさんみたいですよ』とお世辞交じりの称賛をもらった。きっと今、はたから見たら誰よりも幸せな女だ。

私は今日、結婚する。用意した婚姻届を役所に提出し、そのあとは彼の両親と食事をする予定だ。

覚悟を決めるしかない。父も言っていた。結果はあとからついてくる。これは全部私自身が望んだんだから。

インターホンが鳴り、ゆっくりと立ち上がる。彼を迎えるために重い足取りで玄関へ向かった。

『わかな』
そのときふと、頭の中で幼馴染みの声が聞こえた。
どうしてこのタイミングなの。全部忘れるって決めたのに。
必死で頭を切り替える。
『そうしたらきっと――』
あのとき続けられた父の言葉は、なんだったかな。
逆にこちらは思い出せそうにない。

第一章　長い初恋の終わらせ方

懐かしい顔ぶれに、はしゃぐ声がいくつも重なり合い自然と気持ちが明るくなる。

私は今、高校の同窓会に参加していた。

高校を卒業して十年。節目としてぴったりなのは実は後付けで、今回の会が開かれたのは、幹事役である同級生の男友達が自身のレストランをオープンさせたのが発端だ。

自分の店の宣伝とお披露目を兼ねての会であり、参加する立場の私たちは、お祝いを持って駆けつけた。

フレンチカントリー調の店内は白を基調とし、シャビーシックなインテリアは甘すぎず落ち着いた印象をもたらしている。照明は暖色系で統一され雰囲気はばっちりだ。料理も美味しく、アルコールも充実している。

デートにも家族で訪れるのにもぴったりだ。新しいお店などをチェックするのが好きなので、自分の中のおすすめ店舗のリストに加えておく。

私、藤峰《ふじみね》わかなは先月二十八歳になったばかりで、株式会社ヴィンター・システムの社長秘書として働いている。製造業の生産性や品質向上のためのソフトウェア開発をメイン事業としたこの会社は、ここのところ業績が落ち込みつつあるので、最近は新しい業界への進出も目指しているところだ。

ゆるく巻いたブラウンベージュの髪は肩下で揺れている。目鼻立ちははっきりしている方で、よく顔を褒められる反面きつそうな印象を抱かれがちだ。

参加女性の多くは華やかな服装で目を楽しませているが、私はグレーのパンツスーツに、フリルのあしらわれているホワイトのインナーと仕事仕様だった。

ゴールデンウィーク明けの金曜日はなにかと慌ただしい。今週はずっと忙しかった。おそらくここにいる全員、そうだ。今年で二十八歳を迎え、会社では中堅となりつつ仕事を任されたり、追われたり。結婚して名字が変わった同級生も何人かいる。

同じ学び舎で机を並べて授業を受けた私たちは、それぞれの道を歩み、個々で現状が異なりながらも、会えば一瞬で高校時代に戻った感覚になる。おかげで近況や思い出話と話題は尽きない。

ある程度同級生たちと会話を楽しんだあと、私は店の端の方でちょびちょびとグラスに口をつけていた。中身はジントニック。アルコールには強い方だが、休憩も兼ねてあえてゆっくり飲む。

「わかな！　ちゃんと楽しんでる？」

そこで右肩を叩かれ横を向くと、高校のときからの親友、前田理沙《まえだりさ》がグラス片手にすっかり出来上がった状態でいた。藍色のワンピースにカーディガンを羽織り、肩上で揺れる髪の間からゴールドのイヤリングが覗く。

「理沙、酔ってる？　大丈夫？」

理沙は甘えるように私の右肩に頭を預け、もたれかかってきた。身長一六五センチの私に、一五〇センチの理沙が並ぶと彼女が年下のように思える。

「だいじょーぶ。わかな、そういうとこ変わんないよね」

「そういうとこ？」

おうむ返しすると、理沙は真面目な顔で小さく頷く。

「いっつも人の心配ばっかりで自分のことは後回し。高校の頃から真面目で成績優秀。委員長としてクラスをまとめてさ。私が矢部《やべ》に振られたときも一生懸命慰めてくれたよね」

「どうしたの、急に……」

思い出を語るにしてはやけに神妙な声と表情だ。ますます心配になって理沙に視線を向けると彼女もこちらを向いた。

「だからさ、結婚するなら、そんなわかなが頼ったり甘えられたりする相手がいいと思う。っていうか、そんな相手じゃないと親友としては認められない！」

必死に訴えかける理沙の目からは、今にも涙があふれ出しそうだった。私は彼女を安心させるように微笑む。

「うん、ありがとう」

そこで理沙に声がかかる。声の主は、話題に上がった矢部だ。もちろん理沙に未練など微塵もない。矢部も理沙も今はそれぞれ別の人と結婚して幸せそうにしている。

みんな、どんな経緯にしろ〝この人〟と思う相手に出会えたから結婚を決意したんだろうな。私はどうなんだろう……。どんな理由で結婚するの？

ほぼ空になったグラスを見つめ、あと一杯だけなにかおかわりでもしようと、カウンターの方へ足を向けた。

「わかな」

懐かしい声色に心臓が跳ねる。そして声のした方におもむろに振り向いた。

「雅孝《まさたか》」

「久しぶり。今日、会えてよかった」

にこりと微笑む雅孝は相変わらずそつがない。私よりも背が高い彼を正面から見据える。

彼は灰谷《はいたに》雅孝。本社をアメリカに置く世界有数の情報通信会社GrayJT Inc.(Japanese Gray Telecommunication company)を経営する灰谷家の次男だ。

背が高く、顔立ちも端整でぱっと目を引く。すっと伸びた鼻筋、ぱっちりとした目は魅力的で、私とは違って柔らかい印象を抱かせる。地毛は元々茶色がかっていたが、今はアッシュブラウンに染めて毛先を遊ばせスタイリッシュにまとめていた。

ネイビーのストライプ柄のスーツにレジメンタルタイを組み合わせていて、身に着けているものすべてが一目で上等なものだと悟る。仕事で多くのスーツ姿の男性を見てきたからか、彼の家柄を知っているからか。嫌味なく着こなしているのは、彼の外見も中身も相応に伴っているからだ。

遅れて会に顔を出した雅孝は、今の今まで多くの同級生たちに囲まれていた。昔からそうだ、彼の周りには人が絶えない。私だけではなく、みんな彼に会うのは久しぶりだ。

「アメリカから帰ってきたんだ」

しみじみと呟く。彼に会うのはじつに三年ぶりだ。大学を卒業し修士課程に進学した雅孝は、GrayJT Inc.の本社があるアメリカの大学で博士課程を取得するため渡米した。

「ああ。……お父さんの件、聞いた。大変だったな」

急に真面目な面持ちで告げられ、私は目を伏せ気味になる。

「……うん」

「おばさんは大丈夫なのか？」

それは体調面か、精神面か。

私は父を一年前に亡くした。雅孝がこの件を知っているのは、おそらく彼の母親あたりに帰国後、聞いたのだろう。

私の母親はGrayJT Inc.のグループ会社に勤めていて、雅孝のお母さんの高校の後輩だった。そんな縁があり、プライベートで私と雅孝、他にも同じくらいの年齢の子が集まって幼い頃によく遊んだりした。いわば私たちは幼馴染みだ。

そんな母は私が高校生の頃に大病を患い、入退院を繰り返している。GrayJT Inc.の社員への待遇や保障は充実しているため、とても助かった。おかげで、母なりに治療と仕事の両立を図りながら前を向こうとしている。父が亡くなったあともだ。

「うん。大丈夫。心配してくれてありがとう。アメリカはどうだった？」

あえて自分の事情は多く語らず、笑顔で話を戻す。

「なかなかいい経験ができたよ」

その顔を見ればわかる。貫禄が増したとでもいうのか。直接の後継者ではないにしろ、灰谷家に生まれた彼の背負う重責は想像しきれない。きっと計り知れない苦労もあったのだろうが、そういったものを表に出さないのも雅孝らしい。

「で、わかなは？　ようやく俺と付き合う気になったか？」

打って変わってにこやかに問いかけられ、目が点になる。たっぷり沈黙したあと、盛大にため息をついた。

「ならない」

動揺はしない。こんなふうに軽口を叩いてくるのは今に始まったわけではなく、雅孝にとっては挨拶みたいなものだ。

「アメリカにいい人はいなかったの？」

「わかなよりいい女はいなかった」

「あ、そう。それは残念だったわね」

肩をすくめてわざとらしく答える。これも幼馴染みだから成り立っているやりとりだ。

雅孝とは住む世界が違っていて、本来なら私はGrayJT Inc.を背負っていく彼と、こんな会話をできる立場ではない。

しかし雅孝は気にする素振りもなく、それどころか私との距離を縮めてきた。

「これでもあっちでいろいろ頑張ったんだ。褒めてくれないか？」

まったく、こういう調子のよさは昔から変わらない。

「はいはい。雅孝は頑張ってる、頑張ってる」

「まったく心がこもっていないのは気のせいか？」

それは気のせいではない。だいたい、私にそういったものを求めなくても彼の周りには褒めてちやほやしてくれる人間はたくさんいるはずだ。

不毛な会話を終わらせるべく、おかわりをもらおうと彼を無視して、カウンターに足を向ける。するとなぜか雅孝がついてきた。

なにか一言物申すべきか迷ったが、雅孝も飲み物を注文するつもりなのかもしれない。彼の手にグラスはなかった。

カウンターに足を運び、バーテンダーに声をかけようとしたが先に雅孝が口を開く。

「アプリコットフィズを」

思わず私は彼を二度見した。アプリコットフィズはかなり甘い系のカクテルでどう考えても雅孝の好みではないからだ。どちらかといえばウイスキーをよく飲んでいたような。

アプリコットフィズのロンググラスを受け取った彼をまじまじと見つめていると、不意に目が合う。

「ほら」

「え？」

差し出されたグラスに戸惑う。

「飲めよ。嫌いじゃないだろ？」

たしかに嫌いではないが、そこまで好きというわけでもない。雅孝の行動は理解できないが、突き返すのもなんなのでおとなしくグラスを受け取る。

その代わり私が持っていた空のグラスを取って、カウンターに返してくれた。続けてバーボンを注文するので、やはりこれは最初から私のためのものらしい。

ショットグラスを受け取った雅孝と軽く乾杯をして私はアプリコットフィズに口をつける。杏とレモンの組み合わせは甘すぎずさっぱりしていた。久しぶりに飲む味だ。

「美味しい」

「なら、よかった」

独り言にも似た呟きには返事がある。

「灰谷」

雅孝の顔を見た瞬間、別の方向から声が飛んできた。男女数名で集まっているグループで、高校時代に雅孝と仲の良かったメンバーだ。

女子たちがこそこそ話してこちらをうかがっている。他の同級生から聞いたが、彼女たちはまだ結婚していないので、雅孝が今日来るのを心待ちにしていたらしい。

「呼ばれているわよ、行ったら？」

面倒ごとに関わりたくないのもあって、私は彼を促した。しかし雅孝はわずかにムッとした顔になる。

「久しぶりに会った幼馴染みと、もっと語り合おうと思わないのか？」

「もう十分話したでしょ。せっかくの同窓会なんだから雅孝と語り合いたい人は他にもいっぱいいると思うけれど？」

間髪をいれずに返したら、わずかに間があった。

「そうか。わかなは、わざわざ別の機会を設けてくれるのか」

「あのねぇ」

言葉を続ける前に、頭に手のひらの感触がある。続けて再度同級生から名前を呼ばれ、雅孝は渋々そちらに歩き出した。その前に余裕たっぷりの笑みが目に入り、複雑な気持ちになる。

昔からそうだ。なにげない彼の言葉や仕草に心を乱されて、馬鹿みたい。輪の中に入った雅孝は何事もなかったかのように談笑している。

私も理沙から呼ばれ、意識を彼から逸らすようにそちらに足を向けた。

雅孝とは一緒の小学校に入学し、中学、高校、大学まで同級生だったので、付き合いの長さだけでいえば相当だ。けれど、本当にそれだけ。

逆にそばにいたおかげで、彼とは置かれている環境や、進む道がいかに自分と違うのかを身をもって実感し、理解した。雅孝も同じだと思う。

時計を確認するともうすぐ九時になりそうだった。まだお開きになりそうではないが、スマホを見て一足先に会場をあとにしようと決める。

明日は土曜日なのもあって、まだ盛り上がりを見せている面々に水を差さないよう、この会の発起人であり幹事を兼ねてくれた同級生の彼に挨拶と料理の感想を述べた。

今度はプライベートで来ると約束し、理沙や何人かに個人的に別れを告げ、店を出る。

外はすっかり夜になっているが、建物から漏れる光のおかげで逆に眩しいくらいだ。

「わかな」

タクシーを拾おうと道路を見つめたとき、喧騒にまぎれて声がかかる。

「雅孝」

「もう帰るのか？」

目を見開く私に、雅孝が駆け寄り尋ねてきた。

「うん。どうしたの？」

極力平静を装い尋ねる。

「まだわかなを口説いていなかったからな」

彼からの返答に脱力しそうになる。まったく、一体なんなのか。すると雅孝は前髪をくしゃりと掻いた。

「どうした？」

「え？」

訝しげに彼を見つめると、雅孝は急に真剣な面持ちになった。

「ジントニックのカクテル言葉は〝強い意志〟。あまりにも思いつめた顔をして飲んでいたから」

カクテル言葉なんて知らないし、完全に偶然だ。それは雅孝もわかっているのだろう。つまり彼が質問したのは後者が理由だ。

私、どんな顔をしていたの？

「わかなは昔から全部ひとりで解決しようとするだろ」

彼の指摘に、笑顔を無理やり貼りつけた。

「ありがとう。褒め言葉として受け取っておくわ。雅孝こそ相変わらず人をよく見ているのね。でも大丈夫、仕事でちょっといろいろあって……」

最後は濁しつつ道路にわざと視線を戻した。そして向こうに見えるタクシーに合図を送るように手を上げた。ウインカーを出したのでおそらく停まってくれるだろう。

「心配かけてごめん。雅孝はまだ楽しんで」

「言ったよな、まだ口説いていないって。俺は今日、わかなに会いにきたんだ」

腕を掴まれたのとほぼ同時に言葉を遮り、彼が強く言い切る。その迫力ある表情に息を呑み、私は動けなくなった。

ややあってタクシーが停まり、後部座席の自動ドアが開く。もしかするとこれが最後のチャンスかもしれない。雅孝は私の腕を引いて歩き出そうとする。このまま彼についていったら……。

そこでバッグにしまっていたスマートフォンが震え、我に返った私は強引に彼の手を振りほどいた。不意打ちを食らった顔をしている雅孝に笑いかける。

「雅孝」

目が合い私は微笑んだ。

「ありがとう。私も会いたかった」

驚いた顔の雅孝が目に映ったのは一瞬で、すぐさま後部座席に座り、運転手に目的地を告げる。ゆるやかに車の列に入ったタクシーの中で私はぎゅっと握りこぶしを作った。

いいよね。あれくらいは言っても。雅孝の言う〝幼馴染み〟として。

私も彼に会いたかった。でも肝心なことはなにひとつ言えていない。

なんで言えなかったんだろう。伝えるべきだった。彼がいつもの調子で付き合う気になったか？　と切り出したときに、言って自分の中で一区切りさせるべきだった。終わりにしようと決めていたのに。

〝私、結婚するの〟って……。

頭を振って窓の向こうの景色に目を遣ると、ガラス越しに自分の顔が反射した。その表情は覇気がなく情けない。慌てて首を小さく横に振り、気持ちを切り替える。

さっきからスマートフォンが着信とメッセージを交互に知らせ震えるが、私はあえて無視を決め込んだ。

家に帰り電気のスイッチを入れてホッと息を吐く。幼い頃から住み続けている実家は、今は私しかいない。家族でバーベキューをしたいからと父の希望で広く造った庭も、今は手入れがあまり行き届いておらず残念だ。

家族の笑顔があふれるようにと願って、父が働いて建てたマイホームは、ひとりだと広々しすぎて逆に寂しく感じてしまう。

そしてもうすぐ、私もこの家を出ていく。

再びスマホに着信があり、渋々と通話ボタンを押した。

『どうして電話に出なかった？　出ないと電話の意味がないだろ』

もう少し言い方があるだろうと思うが、いつものことだ。威圧的な物言いで捲し立てられ、すぐさま謝罪する。

「すみません。久しぶりに会う友達と話が盛り上がって気づかなかったんです」

少しだけ嘘だ。けれどすぐに電話に出ても、どうせ一緒に違いない。彼はいつもこうだから。その証拠に電話の向こうで思いっきり舌打ちされたのが伝わってくる。

『まったく、いいご身分だな。同窓会なんて行っている場合か？　自分の立場も理解できず、それで社長秘書なんかよくやっていたよ。やっぱり顔だけか』

淡々と吐き捨てられる毒を、私は心を無にして聞き流していく。

「……もう、これで最後ですから」

『当たり前だ。わかっているだろうけれど、これからはそうはいかない。俺のため、会社のために全部捧げて生きてもらわないと。割に合わなすぎる』

「……そうですね」

これも仕事だと思って右から左に受け流す。とはいえそんな状態を悟られたら、またなにを言われるのかわからない。

ひたすら耐えて、彼の機嫌を損ねないように嵐が過ぎるのを待つしかない。

『来週、時間通り迎えに行くからちゃんと準備しておけよ。俺に恥をかかせるな。俺は君と結婚するんじゃない、してやるんだ』

お決まりのフレーズで締めくくられ、電話が切られる。

リビングがまた静寂に包まれて、途方もない疲労感に私はその場に項垂れた。

とてもではないけれど、結婚を控えた男女の会話とは思えない。彼は冬木《ふゆき》厚彦《あつひこ》さん、三十二歳。ヴィンター・システムの社長の息子であり、私が結婚する相手だ。

私たちの間に愛などまったく存在しないし、それどころか向こうは私をよく思っていない。政略結婚とさえ言えない関係。

彼の言った通り、私は彼に〝結婚してもらう〟立場の人間だ。

リビングの奥にあるチェストの上には、節目ごとの家族写真が所狭しと並べてある。父と母と、五つ年下の妹と私の四人家族。写真に写っている私たち家族はみんな幸せそうだ。

今もそう。幼い頃からピアノを習い続けている妹は音大を出たあと、ドイツの大学院に留学し、プロのピアニストを目指して邁進している。母も体調を崩し入院しているが、回復に向かっている。私だって、結婚が決まった。

そして父は……大好きな父は、一年前に亡くなった。それからこんな状況になるなんて、誰が想像していただろう。天国の父は、今の私を見てどう思うんだろうか。きっといつもみたいに私の背中を押してくれるよね。

『どうした?』

『わかなは昔から全部ひとりで解決しようとするだろ』

ふと、先ほど雅孝からかけられた言葉が頭の中で再生される。

三年も会っていなかった。知り合ってからの期間が長いだけで、深い付き合いをした覚えもない。それなのに彼は、いつも私の必死で隠している部分を簡単に見破ってくる。手を差し出してくれる。

やめてよ、幼馴染みだからって冗談でも軽いノリで付き合おうとか言わないで。いちいち気にかけて優しくしないでほしい。掻き乱さないでよ。……私、結婚するのに。自分に言い聞かせる一方で、奥底にしまっている本音を改めて突きつけられる。

私は小さい頃からずっと……ずっと雅孝のことが好きだった。でも私たちは絶対に結ばれない。これは揺るがない事実だ。だから彼への想いは断ち切ると決めた。

どっちみち結婚したら、私は幼馴染みとして接するどころか、きっと雅孝に会うことさえ許されないだろうな。

だからどうしても今日、彼に会いたかった。最後に会えて、声をかけてもらっていつも通りの他愛ない会話をして……もう十分だ。

雅孝と初めて会ったのは私が幼稚園の頃。妹を妊娠していた母が突然入院しなくてはならない状況となったが、父は外国に出張中で、どちらの祖父母も助けには来られない。

母は私をどうするか悩みつつ職場にひとまず報告をした。すると情報が回って、雅孝のお母さんが私を預かると申し出たそうだ。恐縮しきった母だが、背に腹は代えられないと決断したらしい。

『わかな』

初めて会う雅孝は、明るくて笑顔が朗らかでまさに天真爛漫といった言葉がぴったりだった。黙っている私に何度も話しかけてくる。自分のお気に入りのおもちゃや図鑑を持ってきて見せてくれるが、どれも興味はなかった。正確には、早く家に帰りたい一心だった。

お母さん、お父さん。早く迎えに来て。

そんな願いひとつさえ口に出せなかった。入院する母と約束したから。

『わかなはもうすぐお姉ちゃんになるから、灰谷さんのおうちで頑張れる？　迷惑かけないようにいい子でいてね』

ただ時間が過ぎるのを待ち、ある日部屋の隅でテレビをぼうっと見ていると、雅孝が突然私の手を取って外に行こうと言い出したのだ。断る暇も与えず、彼は手を引っ張って私を連れ出す。

『わかな、こっち来いよ』

家の敷地内から出るのはさすがにだめだと子ども心に思っていたが、彼が向かったのは中庭だった。

背の低い木々が密集している間を雅孝は私の手を取ったまま突き進んでいく。

ここまで行くとこの先になにがあるのか気になり、彼の手を握り返して歩を進めた。少し開けたところに出る。そこではぐるりと囲むようにして花が咲き誇り、まるで秘密基地みたいだった。

『きれい』

思わず漏らすと、雅孝は得意げに続ける。

『秘密の場所なんだ。すごいだろ！　大人はめったに来ない』

そこで花を見ていた私は雅孝に視線を移した。不意に彼と目が合うと雅孝は優しく微笑む。

『だから……ここなら泣くのを我慢しなくていいんだ』

それは彼自身の話をしているのか。風が吹いて葉擦れの音が耳につき、その瞬間私の視界はあっという間に滲んだ。

慣れない広いお屋敷で初対面の人たちに囲まれ、両親のいない心細さは増幅していた。なにより母は、おなかの赤ちゃんは大丈夫だろうか。

不安で、寂しくて、でも母と約束をしたからいい子で頑張らないと。

けれど張り詰めていた糸が切れて、その場で私は泣き出した。雅孝は私の隣に座り、小さな手のひらで私が落ち着くまで、ずっと頭を撫でてくれていた。

『今日、夕飯ミートボールなんだって』

しばらくして彼が唐突に明るく切り出し、意味がわからないまま顔を上げる。

『俺の大好物なんだ。それを食べたらわかなもきっと元気になる』

満面の笑みを向けられ、涙も引っ込む。雅孝は先に立ち上がり、私に手を差し出した。

『泣きたくなったらまたここに連れて来てやるから。だからもう泣くな。泣くなよ、わかな』

『うん』

自分でも驚くほど素直に頷き、彼の手を取った。久しぶりに泣いたからか気持ちがすっきりしている。つながれた手は温かい。

この一件がきっかけで、私と雅孝はすっかり仲良くなった。雅孝の兄の宏昌《ひろまさ》さんや弟の貴斗《たかと》くんとも交流があった中で、灰谷家で過ごした期間はほとんど雅孝と一緒にいたと思う。彼は特別だった。

雅孝だけは私が隠していた気持ちを見抜いてくれた。寄り添ってくれた。子ども心にすごく嬉しくて、それを恋と呼ぶには当時の私は幼すぎた。

母は無事に出産し、産後も雅孝のお母さんの気遣いで私はよく灰谷家に出入りしていた。雅孝のお母さんは忙しい人だったが『娘が欲しかったの』と私をすごく可愛がってくれた。

ただ雅孝のおじいさまは、少しだけ怖かった。私の知っている世間一般の〝おじいちゃん〟という存在とは全然違う。凛として厳しい雰囲気を醸し出していた。

灰谷家には来客が多く同年代の子ども同士が集まって遊ぶ機会も多い。そんな中で雅孝とは〝いつも仲良く〟とはいかず喧嘩もあった。

雅孝が困った表情で私の顔色をうかがおうとするが、私は泣くのを必死に我慢してうつむく。あれは小学校への入学前くらいだったか。

雅孝と一緒に庭で遊んでいたときだった。両親が入学祝いに買ってくれたくまのぬいぐるみを、雅孝が見せてほしいと言ってきたのが発端。お気に入りで大事にしていたので、私はとっさに渡せなかった。

隠されれば見たくなるのが本能だ。まして子どもは手加減を知らない。雅孝は『ちょっとだけ』と言い、私の腕の中から奪うようにくまのぬいぐるみを取ろうとした。

それを渡すまいと私が引っ張り、結果くまの首の部分が勢いよく裂けてしまったのだ。

突然の惨状に私は呆然とし、そのままぬいぐるみをぎゅっと抱きしめうつむく。さすがに悪いと思ったらしく、雅孝が私の周りをうろうろし始めた。

『わかった。わかなのお母さんに聞いて同じものか、それよりもっと大きいぬいぐるみを用意してやるから』

ややあって閃いたと言わんばかりに雅孝が提案してきたので、私は反射的に彼に噛みついた。

『そうじゃない！』

言い返されると思っていなかったのか、私の反論に雅孝は目をぱちくりとさせる。

『雅孝はわかってない。私にとって、このくまちゃんの代わりはいないの。雅孝はお金持ちかもしれないけど、そうやってお金や家の力でなんでも解決できると思ったら大間違いなんだからね！』

雅孝は母の職場でもある会社を取り仕切り、経営する灰谷一族のひとりで、本当にすごい人なのだと母から散々聞かれてきた。彼とは住む世界が違うのだと。

でも今は関係ない。そんな気持ちでいっぱいだった。

『じゃあ、どうしたらいいんだよ』

私の迫力に圧され、雅孝は眉尻を下げる。雅孝のそんな顔は初めて見た。だから私も返事を懸命に考える。

『お母さん言ってた。悪いことをして謝るときや、なにか伝えたいときは、ちゃんと心を込めて言わなきゃだめだって』

それを聞いた雅孝は真面目な顔をして小さく頭を下げた。

『……ごめん、わかな。大事なものを無理やり引っ張って』

『私も渡さなくてごめんね』

雅孝だけが悪いわけじゃない。私も悪かった。お互いに謝り合って気持ちがすっきりする。続けて雅孝は、おそるおそるこちらに尋ねてきた。

『また遊んでくれるか？』

『うん！　仲直りしよう』

笑顔で手を差し出し、雅孝と握手する。やがてふたりとも笑い合って、何事もなかったかのように遊び出した。母に事情を話すと、綺麗にくまのぬいぐるみを縫い直してくれた。しかし、母の表情はどこか硬い。

今思うと、当たり前だ。お世話になっている会社の経営者の息子に娘がそんな口を利いたのだから。

それからも私たちの交流は続いて、ある日雅孝から小さな花束をプレゼントされた。誕生日でもなければ、なにかのお祝いでもない。なぜなのか不思議ではあるが、渡されたのは一見すると白い薔薇だった。よく見たら薄く緑がかっていて、初めて見る種類だ。

『きれい』

自分で花を摘んだりはするが、プレゼントされるのは初めてだ。雅孝はぶっきらぼうに答える。

『これ、〝わかな〟っていう薔薇なんだ』

『わかな?』

思わず聞き返す。どうやら品種名のことらしい。自分と同じ名前の薔薇があるなんて、まったく知らなかった。そして目の前の薔薇に、親近感と特別感を覚える。

『これ、お庭に咲いていたっけ?』

『じいちゃんと植えたんだ』

その言葉に私は目を丸くする。

『雅孝が育てたの?』

彼は照れているのか視線を逸らし、乱暴に頷いた。そこで私は飛び跳ねそうな勢いになる。

『すごい!! お花育てるのって大変なのにありがとう!』

尊敬の眼差しを彼に向け、私は改めて手の中にある花を見つめた。そのうちのひとつだけ慎重に手に取り、自分の髪に挿す。

『どう？　花嫁さんみたい？』

ふふんと胸を張って問いかける。

ちょうどアルバムを整理していた母に、結婚式の写真を見せてもらったことがあった。とても綺麗な着物で和装姿の母の隣には、タキシードを着こなし、わずかに緊張した面持ちの父が立っている。でもふたりとも笑っていて、幸せそうだった。

母の髪には花があしらわれ、文字通り晴れ姿に花を添えていた。もしも自分がいつか結婚式を挙げるときは、このわかなを使いたい。夢は膨らむ一方だ。

『花嫁さんは、世界で一番幸せなんだって。私もなりたい』

『花嫁になるには結婚する相手がいないとだめだろ』

あきれた口調で指摘され、私は目をぱちくりとさせる。

『そっか。じゃあ、雅孝が結婚してくれる？』

深く考えずに問いかけると、彼はこれでもかというほど目を見開いた。

『か、考えといてやってもいい』

素っ気なく、さらには上から目線で返される。私にとって雅孝は特別な存在だったからなんの気なしに言ってしまったものの、彼にとっては困惑以外のなにものでもなかったのだろう。

このやりとりを、数年後に私はものすごく後悔するはめになる。子どもの頃の話とはいえ今思い出しても恥ずかしくて顔から火が出そうだ。なかったことにしてほしい。

でも雅孝は、きっと覚えてないだろう。逆に、無邪気でなにも知らずに彼のそばにいられたあの頃が一番幸せだった。

第二章　突然すぎるプロポーズ

スマホのアラームで目を覚ます。頭も体も重いのは、ほとんど眠れていないからだ。さすがに緊張している。それにしてもこんな日に昔の……幼い頃の雅孝との思い出を夢に見るなんて、未練がましいにもほどがある。

あの頃の自分は、幼いなりに素直で可愛げがあったな。

ベッドから抜け出し、部屋のカーテンを開けて朝の光を取り込む。

私の心とは裏腹に、いい天気になりそうだ。ついにこの日が来た。大安の土曜日、てきぱきと出かける支度をする。朝一で美容院の予約をしているから。

きっと〝藤峰〟の名前で予約するのも最後だ。今日〝藤峰わかな〟はいなくなる。

着付けとヘアメイクを済ませ、帰りはタクシーを使った。実家に戻ってもどうも落ち着かず、すべての部屋を見て回る。最後に父の写真の前で手を合わせた。

お父さんは私の決断をわかってくれるよね？　これがきっと正しい方法なの。

そこでインターホンが鳴り、時計を確認する。珍しく約束の時間より幾分か早い。厚彦さんは私に時間を取られたくないと、いつも時間ギリギリか遅れてくるのが当たり前だった。そんな彼も、さすがに節目となる今日は余裕を持たせて来たのかもしれない。

ゆっくりと玄関に向かう。いい加減、覚悟を決めないと。

「鍵、開いています」

ドアに向かって声をかける。待たせて苛立たせるのか、出迎えずに不機嫌にさせるのか。どちらにしろ一緒だ。

そこで玄関のドアが開く。緊張した面持ちでいた私は、息が止まりそうになった。

「なん……で」

現れたのは厚彦さんじゃない。予想もしていなかった人物だった。

「雅孝」

「まったく、なんて顔してるんだ」

相手はあきれたように呟く。私の目の前にいるのは、この前の同窓会で久しぶりに再会した幼馴染みの灰谷雅孝だった。あのときとは違いワックスで髪を整え、ブルーのシャツにネイビーのスリーピーススーツを組み合わせている雅孝は、すっかり仕事仕様だ。

そんな彼が連絡も約束もなしに、なぜわざわざ私の実家にやってきたのか。訳がわからない。

混乱しつつ乾いた唇を動かす。

「どうしてここに？」

「わかなこそ、どうした？」

問いかけには答えてもらえず、間髪をいれずに相手から返される。鋭い眼差しに目を逸らしたくなった。その前に彼の手が私の頰に触れる。

「なにをそんなに怯えているんだ？」

私はどんな顔をしていたの？　切羽詰まった表情に、雅孝の手を瞬時に振り払う。

「帰って」

とっさに拒絶の言葉が口を衝き、うつむいた。

「私、結婚するの。今から相手の人が迎えに来て、婚姻届を出しに役所に行く段取りになっていて……」

早口で捲し立て事情を説明する。これでいい。本当はこの前会ったときに言うべきだった。

「だから？」

ところが雅孝は納得するどころか、挑発的に聞き返してくる。おかげで私は言い返そうと顔を上げた。

強気な物言いとは裏腹に、彼の表情は意外にもやるせなさに満ちている。雅孝はそっと私の左手を取った。今度は振り払えない。

「なにがあったんだ？」

再度尋ねられ、小さく首を横に振る。

「なに、もない。この結婚は、私が望んで自分で決めたの」

「指輪のサイズもろくにわかっていない男と？」

自分を奮い立たせ平静を装って返したのに、雅孝の言葉になにも言えなくなる。左手の薬指にはめている指輪は、私の指にはゆるく今にも抜けそうだった。直接渡されたわけでも、好みを聞かれたわけでもない。

この日のために適当に見繕って郵送で届いた形だけの婚約指輪。

なんで引き下がってくれないの。どうしてこのタイミングなの？　放っておいてよ。

そう言いたいのに、今声を出したら違うものまであふれてきそうだ。

「わかな」

訴えかけるように名前を呼ばれ、左手を握られる。緊張で冷えていた指先が、雅孝の手に包まれた。

「世界で一番幸せな花嫁になるんじゃなかったのか？」

『花嫁さんは、世界で一番幸せなんだって。私もなりたい』

遠い昔に交わしたやりとりを雅孝も覚えていたらしい。刹那、ずっと堪えていたなにかがぷつりと切れ、その場に膝をついた。

「お父さんが、一年前に亡くなって……」

壊れた人形のように、私は頭を下げたまま抑揚もなく語り始めた。

実家住まいだった私は、朝にいつも通り父に挨拶をして、その日は私が先に出勤した。なんの変哲もない日常。でもそれが最後になるなんて思いもしなかった。

出勤途中で心臓発作に倒れた父は、そのまま帰らぬ人となった。元々持病があった母はショックで倒れて、私は母の代わりに親戚の力を借りながら葬儀の準備を進めた。悲しんでいる暇はない。私がしっかりしないと。妹も帰国し、無事に家族で父を見送った。

「そのあとしばらくしてから、父が連帯保証人になっているのが発覚したの」

母に尋ねたら、相手は父が昔お世話になった人らしく、恩もありおそらく断れなかったのだろうという話だった。

ああ、そうだ。父はそういう人だ。義理堅くて困っている人がいたら放っておけない。とはいえ連帯保証人だ。その重みもわかっていただろう。

その人は当時、会社の経営者として成功していたので父も了承したのか。ところが相手の会社の業績が悪化し、多額の負債だけを残して蒸発したらしい。

父が亡くなったら終わりじゃない。父の配偶者である母が連帯保証人としての義務を負うことになるが、父のかけていた生命保険などをすべて合わせても足りない額だった。

入院している母は無理にでも退院すると体を起こし、妹は夢をあきらめてこちらに戻ってくると言い出した。

「相続放棄も考えた。でも、そんなときに社長に声をかけられて……。借金を肩代わりするから息子と結婚しないかって」

大学を卒業して就職した株式会社ヴィンター・システムでは秘書課に配属され、そこから社長秘書に抜擢されるまでになった。社長は人格者で、逆に人がよすぎると思うことさえあるが、仕事そのものにはやりがいを感じ、充実した日々を送っていた。

借金が発覚する前から息子の厚彦さんを結婚相手にどうかと社長に何度も持ちかけられ、そのたびに私は断りを入れた。

社長は早くに妻を亡くし、男手ひとつで厚彦さんを育ててきたが、不憫さもあって甘やかしてしまい今になって後継者として力不足だと感じているそうだ。だからしっかり者の私が妻になってくれたら、と思ったらしい。

たしかに仕事を通して会ったときの印象は、とてもではないが会社のトップに立てるような人材には思えなかった。

『秘書なんて若くて顔がよければ誰でもできるんだろ。それで仕事か？』

『女はいいよな、結婚って楽な道を選べるんだから』

ここまできたら幼くして母親を亡くしたのは関係ない。彼自身の問題だ。ちなみに社長は、厚彦さんが成人したあと再婚している。

厚彦さんは会社の重役として籍を置いているが、現場の状況を見ようともしないし従業員に対する労いもない。常に自分が優位に立っていないと気が済まないようで、なにかと人を見下してくる。彼の不躾な態度と嘲笑を私は笑顔で流した。

そんな彼と結婚なんて冗談じゃない。けれど……。

『藤峰くん。前々から話していた息子との結婚を真面目に考えてくれないかい？　その代わり、お父さんの借金はこちらで責任を持つから』

再三にわたる社長の提案に、私はついに頷いた。

「彼と結婚したら、入院している母の治療費も、海外で頑張っている妹の夢も、この家も手放さずに済む。だったら、これは悪い話じゃない」
『こっちは結婚してやる側なんだ。俺に逆らうことも意見するのも君は許されない。わかっているのか？』

厚彦さんは社長になりたがっていたが、冬木社長がずっと首を縦に振らなかった。人格的にも女性関係のだらしなさにも引っかかっていたそうだ。けれど冬木社長の年齢もある。だから厚彦さんに、私と結婚するなら考えてもいいと言った。会社のあとを継ぐ条件として彼はこの結婚を受け入れた。私はお金のために結婚するなんてと罵られたが、否定できない。

私との結婚に乗り気ではない厚彦さんによって、この結婚についてはあまり人に話すなと口止めされているから、限られた関係者しか知らない。

それでかまわない。祝ってほしいとは思えない。

雅孝の言う通りだ。どうして私が怯えないといけないの？　自分を殺して彼の機嫌をうかがって、そんなふうに一生過ごしていくんだろうか。

理沙にそれとなく結婚の話をしたら、ものすごく心配された。でも覚悟を決めるしかない。

今まで誰にも言えなかった自分の気持ちを、ここにきて吐き出すとは思わなかった。

母も妹も、勤め先の社長の息子と私が結婚し、その相手が負債の肩代わりまでしてくれると知って大喜びで、結婚を祝ってくれた。

これでいい。家族のためじゃない。私が自分で決めたんだ。正しい方法だと思ったから。

そういった事情を一方的に説明して、後悔の渦が回り出す。話を聞いた雅孝はどう思っただろう。

憐れんでいる？　お金のためにそんな結婚をする私を馬鹿だと思っている？

彼にだけは知られたくなかった。惨めな気持ちが増幅して、泣きそうになるのを懸命に堪える。

私は知っている――雅孝だって、おじいさまの決めた相手と結婚するんだ。自分の気持ちは関係なく、彼はそれも自分の運命だとちゃんと受け入れている。私とは大違いだ。

そこでふと我に返る。もしもここに厚彦さんが現れ鉢合わせをしたら、彼は雅孝になにを言うのか。私はどんな言葉を浴びせられるのか。想像するだけで息が詰まりそうになる。

少なくとも雅孝を巻き込むわけにはいかない。帰ってほしいと改めて伝えようと顔を上げた。

「だったら俺と結婚しないか?」

目が合った瞬間、彼の口から飛び出した言葉に耳を疑う。雅孝は膝を折り、私と視線を合わせてきた。

「わかなの心配事は全部、俺が解決してやる。そんな男のものになる必要はない」

なにを言われたのか、頭が追いつかない。けれどいつもの茶目っ気は鳴りを潜め、雅孝の表情は怖いくらい真剣だった。

「な、に、言ってるの? 結婚って……もうすぐ相手が迎えに来るのよ。記入済みの婚姻届だって彼が持っていて」

「だから今すぐ決めるんだ。俺のものになるのか、自分の意思で」

私の言葉を遮り、雅孝は力強く言い切る。まだ状況を把握しきれていない私とは裏腹に彼の目に迷いはない。続けて雅孝は私の頬に手を添えた。

「どうしてここに来たのかって? わかなを奪いに来たんだ。今度はノーとは言わせない」

伝わる温もりと彼の本気さに無意識に目尻から涙がこぼれ落ちそうになり、急いで指先で目元を拭う。雅孝の手は私の左手を握ったままだった。

『わかながそのときに正しいと思った行動を取ればいい。正しさや結果なんてあとからついてくるんだ』

私は私なりの正しいと思った行動を取らないと……。ここは彼の手を振り払うべきなんだ。

『たとえ失敗しても、泣いて傷つくことがあっても、その経験は全部優しさに変えられる。わかなは相手を許せる人間になってほしい』

そう思って厚彦さんとの結婚を決意した。でも……。

『そうしたらきっと――わかながつらいときに手を差し伸べて寄り添ってくれる人が現れるから』

ふとずっと思い出せなかった続きが、今ここで父に言われたかのように耳に届く。

雅孝は真っすぐに私を見据えたままだ。

「俺を選ぶんだ」

ぎこちなくも小さく頷く。それが精いっぱいだった。

雅孝に手を引かれ、最低限の荷物だけ持って家の前に停まっていた車の後部座席に彼と乗り込む。どうやら彼が運転してきたわけではないらしい。

「川瀬《かわせ》さん、実家まで頼む」

「承知しました」

川瀬さんと呼ばれた男性は、六十代くらいで眼鏡をかけ、穏やかそうな雰囲気だ。白髪をオールバックに整え、黒いジャケットに白い手袋と気品あふれた風情は、それなりの人物の元で働いているのが伝わってくる。

ドアが閉まった瞬間車は走り出し、少しだけ冷静になった。その途端、自分がとんでもない行動をしているのだと、そんな不安がのしかかってくる。

雅孝を見ると、どこかに電話をかけていた。おかげで話しかけようにもできない。

「兄貴？　今日は千鶴《ちづる》とのデートがなくなって時間が空いたって言ってたよな？　槙《まき》野《の》さんに連絡して、今すぐ婚姻届を用意してほしいんだ。戸籍謄本は必要ない」

いつもの軽い調子で雅孝は自分の用件を捲し立てる。たしかにお互いに本籍が実家のままなら戸籍謄本は必要ない。彼とはずっと同じ学区で小中高と一緒だった。

電話の相手は彼の兄らしい。雅孝より四つ年上の灰谷宏昌さんとは、私も面識はある。

雅孝の突然の頼みに、案の定電話口の向こうからは驚きと理由を尋ねる声が漏れ聞こえる。

「いいから。なんなら証人欄に記入しといてくれ。それを実家に持ってきてほしいんだ。時間がないから極力早く」

そこで電話を終えると、今度は運転席から声がかかった。

「雅孝さん、ご結婚なさるんですか？　それはおめでとうございます。奥さま、どうぞよろしくお願い申し上げます。私は灰谷家に仕える川瀬と申します。以後お見知りおきを」

「あの……藤峰わかなです」

川瀬さんの穏やかで丁寧な口調につられ、私は頭を下げた。

「もうすぐ藤峰じゃなくなるけどな」

すかさず隣からツッコまれ、私はすぐさま横を向いた。

「待って、雅孝。結婚って……本気なの？」

「冗談でこんな真似すると思うのか？」

肘をつき余裕たっぷりに微笑まれる。いつもの雅孝だ。とはいえ今の状況がまだ信じられない。

「でも」

そこでバッグの中にしまっていたスマートフォンが音を立て、急いで取り出す。相手は確認するまでもない。厚彦さんだ。おそらく家に迎えに来たという連絡か、私が不在だと気づいたのか。

心臓が早鐘を打ち出し、嫌な汗が伝う。電話に出ないと。でも出たところでなんて言えば……。

「出なくていい」

スマホを持ち、迷っている私の手に雅孝の手が重ねられる。彼はそのまま私からスマホを取り上げた。やがて電話は鳴り止み、着信を知らせるランプだけが点滅している。

少しだけスマホを預からせてほしいと言われ私は迷いつつ頷いた。

「その足ですぐに婚姻届を出しに行くとは思えないが、相手は日を選んでいるみたいだし。なら急いだ方がいい」

ここにきてやっと、雅孝が本気で私と結婚するつもりなのだと悟る。とはいえ素直に受け入れらない。

「こんなの……おじいさまが認めるわけないでしょ」

やや強気の口調で返す。私との結婚なんて許されるはずがない。

とっくに自分の立場を理解している。母に言われたあの日から。

「そう思うなら、本人に聞いてみればいい」

雅孝の返事に目を見張る。視線が交わると彼はまじまじとこちらを見つめてきた。

「わかなの着物姿、久しぶりに見るな。……よく似合っている」

まさかこのタイミングで着物を褒められるとは思ってもみなかったので、少しだけ反応に迷う。

「ありがとう。これ、母の大事な着物で、私も気に入っているから」

「そういえば成人式のときも着ていたな」

懐かしそうに微笑まれ、胸が苦しくなる。本当に、なんでそんなことまで覚えているんだろう。

「他の男のためにここまでしたのかと思うと正直腹立つけれど、晴れの日にいいものを見られた」

相変わらず相手を褒めるのにそつがない。優しくそう言うと、雅孝はさりげなく私の頭に手を伸ばし、自分の方に引き寄せた。

「そんな顔をするな。言っただろ、わかなはなにも心配しなくていいんだ」

彼の目に私はどう映っているんだろう。関係ない雅孝を巻き込み、罪悪感に襲われる反面、揺るぎない安心感に包まれているのも事実だ。

昔からそう。彼のそばは居心地がよくて気を張らずにいられた。

車が停まり、雅孝にエスコートされる形で車を降りて足を進める。慣れない着物では、どうしてもきびきび動けない。

久しぶりに訪れた雅孝の実家は記憶のままだった。幼い頃、何度も遊んだ中庭も相変わらず綺麗に手入れされているのが遠目から見てもわかる。

「雅孝」

私たちが帰宅したのを察してか、玄関で私たちを迎えたのは雅孝より四つ年上の兄、宏昌さんだった。

灰谷家の長男で、顔立ちは雅孝とよく似て整っているが、雰囲気は異なる。短い黒髪はきっちり整えられ、貫禄のある雰囲気は正真正銘 GrayJT Inc. の後継者だ。

「まったく、一体なにがあったんだ？」

「事情はあとで説明する。それより電話で話したものは？」

急かす雅孝に押され、宏昌さんは手に持っていた封筒を差し出す。

「ほら。言われた通り、証人欄に記入しておいたぞ」

「サンキュ、兄貴」

宏昌さんから受け取った書類を、雅孝は素早く確認する。その際、宏昌さんと目が合う。

「わかな?」

久しぶりに会うからか、着物を着ているからか、宏昌さんは大きく目を見開いた。

「お久しぶりです」

気まずくも挨拶をして軽く頭を下げる。宏昌さんの視線はすぐに雅孝へと移った。

「嘘だろ。まさかお前……」

「わかな、こっちへ」

宏昌さんの発言を遮り、雅孝は奥の部屋に私を促す。突然の結婚はもちろん、私が相手なら驚かれるのも無理はない。

応接室のようなところに案内され、机に婚姻届が広げられる。先に雅孝が自分の胸ポケットからペンを取り出し、まるでサインを書くかのようにためらいもなくサラサラとペン先を滑らせた。

「ほら」

書き終えた彼からペンを手渡され、私はおずおずと受け取る。まさか婚姻届を二回も書くことになるなんて思いもしなかった。

厚彦さんは、間違いなく怒り狂っているに違いない。婚姻届をもう提出していたら、どうしよう。

「もしも彼が」

「大丈夫だ。話を聞く限り無駄にプライドが高いその男が、ひとりで役所に行くとは思えない。せいぜい両親と相談しているのが関の山だ」

考えが読まれていて、驚きが隠せず雅孝を見遣る。すると彼は不敵に笑った。

「わかなは意外と顔に出るからな、わかるよ……どうだ？　夫にぴったりだろ？」

妻の考えがお見通しなのが、ということだとしたら……。

「逆じゃない？」

こちらとしては、思考が読まれてばかりなのは困る。眉をひそめて返したが、ややあって雅孝と顔を見合わせお互いに小さく噴き出す。状況が状況なのに、変わらない彼とのやりとりに緊張と不安が和らいだ。

厚彦さんのときよりもためらいなく書き進め、雅孝に指示されて持ってきた実印を彼に続いて用紙に捺す。

「さて、最後の仕上げといくか」

婚姻届を指先で持ち上げ、雅孝が呟く。一ヶ所だけ未記入だった。

雅孝に連れられ、別の部屋に移動する。相変わらずこの家は広い。

重厚な年季の入っている木製のドアを雅孝は形だけと言わんばかりにさっさと三回

ノックする。中から返事があったのか、なかったのかは私にはわからなかったが、雅孝は間を置かずにドアを開けた。

「なんだ、突然騒々しい」

広々とした書斎に鎮座し、おもむろにこちらに視線を寄越したのは雅孝の祖父である灰谷貞雄《さだお》氏だ。GrayJT Inc. の現総帥で、他者を圧倒させる貫禄、なにもかも見透かすような鋭い眼光、纏う空気が違う。

GrayJT Inc. の創設者でもあり雅孝の曾祖父でもある灰谷貞夫《さだお》氏と名前の読みが同じなのは、アメリカ暮らしの長かった灰谷氏が、自分の名前をそのまま息子につける習わしに、感銘を受けたからだそうだ。

日本では戸籍上、両親と同じ名前を子どもにつけることはできず、漢字一文字だけを変えたらしい。しかし父親の意を汲んだ貞雄氏は、自身の名を書くとき〝貞夫〟とサインすることが多々あり混同している人は多い。

怯む私とは対照的に雅孝は遠慮なく中へ入ると、持っていた婚姻届を貞雄氏に差し出した。

「彼女は藤峰わかな。俺は彼女と結婚する。婚姻届の証人欄に記名してほしいんだ」

前置きなど一切なく、雅孝は端的に状況を説明した。貞雄氏は顔色ひとつ変えず、雅孝から婚姻届を受け取る。

私はただ鳴り止まない心臓を押さえ、事の成り行きを見守るしかできない。

貞雄氏は婚姻届から顔を上げ、雅孝を見た。

「彼女、どうした？」

それはどういう意味なのか。そのとき雅孝が私の肩に腕を回し、強引に自分の方に抱き寄せた。突然のことに私はよろけそうになって彼にしがみつく。

「奪ってきたんだ、なりふりかまわずに」

私も貞雄氏の目も大きく見開かれる。そんな醜聞まがいなこと、なによりおじいさまが雅孝の結婚相手も決めるはずだったのに、許されるわけがない。

私はともかく雅孝の立場を悪くするのだけは嫌だ。

「おじいさま、私は」

私が口を開いたのと、貞雄氏が声をあげて笑ったのはほぼ同時だった。

「いいだろう。雅孝、お前の心意気を買ってやろうじゃないか」

訳がわからず呆然とする私をよそに貞雄氏は婚姻届に淀みなく署名し、仰々しい実印を真っすぐに捺したあと、雅孝に手渡す。

「和宏《かずひろ》には私から話しておこう。約束だったな、あとは好きにしたらいい。……結婚おめでとう」

「ありがとう」

雅孝に先を急かされるが、私はおじいさまに向かって深々と頭を下げた。

今のふたりのやりとりは、正直理解できないところが多々あったものの、ひとまずこの結婚は大きな問題にはならないと思ってもいいのか。

「ねぇ、どういうことなの？」

おじいさまの部屋を出てから雅孝に尋ねる。

「見聞きした通り、じいさんも結婚を認めたってことさ」

「だから」

そこで雅孝から、婚姻届を顧問弁護士の人に代わりに出しに行ってもらうかと聞かれる。自分で行きたいと答えたら、それは彼も予想していたのか、再び私たちは川瀬さんの運転する車に乗り込んだ。

婚姻届の提出に向かっているのに、いまいち実感が湧かない。その相手が雅孝なのだから尚更だ。

けれど厚彦さんとはまったく違う。自然と結婚を受け入れている自分がいた。

「わかな」

落ち着かず窓の外を眺めていると不意に隣から声がかかった。

「なに？」

「ひとまずこれをつけてほしい。というより、さっさとそれをはずせ」

雅孝の手には黒のベルベット調の指輪ケースが乗せられている。

「い、いつの間に？」

「さぁ？」

混乱する私をよそに、雅孝は私の左手を取るとサイズの合わない婚約指輪をするりとはずす。そして器用に指輪ケースを開けた。

「いつでもわかなにプロポーズできるように用意していたんだ」

まったく、こんなときでも冗談を言えるのが彼らしい。

真ん中に大きく輝くダイヤモンドが一粒あり、その両サイドにもダイヤモンドが添えられている。石座はゴールドで華やかなデザインになっていて、細身のリング部分にも宝石が埋め込まれていた。それでいて重すぎず、スタイリッシュな印象だ。

さりげなく左手の薬指に指輪をはめられそうになり、反射的に手を引っ込めそうになる。

雅孝も意外だったのか、狐につままれたような表情だ。すぐに気まずさを覚え、私は謝る。

「その、指輪とかはめてもらったことないから、びっくりしちゃって……」

なんとなく気恥ずかしくなっただけだ。

「じ、自分で」

厚彦さんのときも一方的に渡され、今日つけてくるように指示された。これも、きっと見せかけだけの……。

「わかな」

名前を呼ばれ、引いていた左手を今度は力強く取られる。

「絶対に幸せにする。なにがあっても俺が必ず守るから、俺を信じてほしい」

あまりにも真剣な雅孝の迫力に圧され、下手に言い返せず私は頷いた。煌びやかに輝く指輪が彼の手によって左手の薬指にはめられるのを静かに受け入れる。まったくためらいも無駄な動きもないのが雅孝らしい。きっとこんなことをされたら、たいていの女性は彼の虜になってしまうんだろうな。

厚彦さんのものと違い、雅孝から贈られた指輪はサイズもぴったりで、すぐに指に馴染んだ。値段を想像するのは恐ろしいが、純粋に綺麗だと思う。

「思った通り、よく似合っている」

手のひらを顔の前でかざしていたら、雅孝が満足そうに呟いた。

「ありがとう」

素直にお礼を告げると、雅孝がポケットからあるものを取り出した。

「じゃ、用済みのこれは窓から投げ捨てていいか？」

「いいわけないでしょ！」

打って変わって軽い口調で話題にしてきたのは、厚彦さんから渡された婚約指輪の扱いだ。即座に拒否したら、雅孝は眉間に皺を寄せつつ指輪を軽く投げ、手中に収める。

「そうだな、不法投棄は問題だ。しかるべき処理をして」

「そういう話じゃないってば」

私は再び彼にツッコんだ。雅孝は理解できないという顔で私を見つめてきたので、私も彼としっかり目を合わせる。

「ちゃんと相手に返します」

「受け取らないだろ」

次は雅孝から間髪をいれずに返事があった。彼の言う通りかもしれない。でも……。

「相手の反応はともかく、きちんと謝罪はしようと思う」

どんな理由であれ、私は結婚の約束を直前で反故した。たとえ相手も結婚を望んでいなかったとしても、迷惑をかけて不快な思いをさせたのは事実だ。

この話を持ってきてくれた社長に対しても。

「相変わらずお人好しというか、真面目というか」

雅孝はやれやれといった調子で手に持っていた指輪をしまった。

「わかなが先方と直接やりとりする必要はない。負債の肩代わりの件も、こちらで話をつけておく」

そこまでしてもらっていいのだろうか。借金だってすぐにとはいかなくても働いて少しずつ返していくつもりはある。

そういった主張をしても、雅孝にはまったく受け入れてもらえない。まもなく役所に到着しそうだ。今日は土曜日なので、時間外窓口に向かう必要がある。

雅孝はおもむろに腕時計を確認した。

「このあと、わかなのお母さんが入院している病院に行ってもかまわないか？」

「な、なにも今日行かなくても」

雅孝の提案に私は慌てた。たしかに母にはちゃんと事情を話さなくてはならないし、面会時間も問題はないが、また日を改めてでもいいような。

けれどすぐに思い直す。忙しい雅孝の立場を考えると、まとめて用事を済ませておきたいのかもしれない。

「せっかくそんな綺麗な格好しているんだ。お母さんにも見せてやれ」

ところが彼の口から発せられた理由は、私の予想していたものとは異なっていた。まさか私の母を気遣ってだとは思いもよらず、不覚にも胸の奥がじんわりと熱くなる。

本当は母から譲り受けたこの着物姿を見せて「私、幸せになるからね」と言いたかった。母はきっと喜ぶだろうし、安心するだろう。厚彦さんはなんだかんだ理由をつけて、一度も母と会っていない。

今日も時間が許すなら、母の病院に行けないかと当初は考えていた。でも美容院の予約時間や厚彦さんの迎えに来る時間、そのあとのスケジュールなどを考えると無理だとあきらめていた。

「ありがとう、雅孝」

彼の優しさが身に染みて、自然と笑顔になる。すると雅孝も柔らかく微笑んだ。彼の手が私の頬に軽く触れる。

「……そうやって、わかなは笑っていたらいいんだ」

結婚が決まって、こんなふうに笑ったのは初めてかもしれない。これは純粋な恋愛結婚じゃないとわかっている。どこかでこの不自然な結婚のひずみが出てくるかもしれない。

けれど今は……。

「着きましたよ」

川瀬さんの言葉で、雅孝は私に手を差し出す。

「行こう。もう逃げられないし、逃がさない」

その言い方だと私の気持ちは無視みたいだ。そんなことない、私は自分の意志で彼の手を取ったんだ。

雅孝の手に左手を乗せる。薬指にはめられた指輪はきらきらと光り、少しだけ結婚を祝福されているような気がした。

「お預かりしますね。おめでとうございます」

本人確認として運転免許証を見せ、用意した書類をさっと確認される。予想はしていたが、役所の手続きは思った以上にあっさりしていて、身構えていた私は拍子抜けしてしまった。正式な受理は開庁時になるので、今はまだ雅孝と結婚したという証明もなければ、実感も湧かない。

そのあと彼と食事をして、予定通り母の病院へと向かう。母は私の結婚相手が雅孝だという事実にものすごく驚いていた。

無理もない、幼い頃から母に雅孝とは住む世界が違うと釘を刺されてきた。まして当初話していた相手とは異なるのだから。

どう言い繕うか悩む私をよそに、雅孝は厚彦さんとの結婚が契約的なものだったことや、心配しなくても彼の祖父はこの結婚を認めている旨なども合わせて、うまく話をまとめてくれた。

雅孝が厚彦さんとは違い、私をずっと想い続けていて、私がそれに応えたのだと本人同士の気持ちのうえで結婚したとも付け加えられる。

母は雅孝に感謝し、私には父の連帯保証人の件をひとり背負わせていたと謝罪された。

決めたのは私自身だから、逆に申し訳なくなる。

一通りの予定をこなす頃には日がすっかり傾いていた。車は私の実家の方へ向かう。

厚彦さんは、どうなっただろう。気にはなるが雅孝にスマホは預けたままで、明日返すと言われる。

さすがに少しだけ疲れた。帰ったら着物を脱いで、シャワーを浴びよう。それから……。

「ひとまず着替えて、最低限の荷物だけまとめてこい」

頭の中でこのあとの段取りをしていると、隣から想定外の流れを切り出される。思わず雅孝を二度見したら、彼は口角を上げ私の頤に手をかけた。

「まさか結婚して早々に別居なんてありえないよな？」

「え、でも……」

雅孝は私から手を離し、実家とは別にひとりで住んでいるマンションがあるのだと説明する。混乱している私にかまわず、彼は続ける。

「ちなみに仕事に関しては」

「あ、仕事はクビになったの」

雅孝が言い終わらないうちに、つい口にしてしまった。案の定、雅孝は目をぱちくりとさせ、こちらを見てくる。

「相手の人が……自分が社長になるまでは働くなって」

私が問題を起こしたと思われるのは心外で、聞かれてもいないのにたどたどしく説明していく。

彼のプライドなのか、私が働くこと自体を嫌がっていた。仕事は好きで、それなりに評価してもらえていたのに、彼にとっては自分より優秀な私が気に食わなかったらしい。厚彦さんに一方的に告げられたとき、さすがに仕事は辞めたくないと抵抗した。どっちみち彼が社長になったらそばで支えないとならない。

「でも社長に相談したら、息子の言う通りにしてやってくれって」

厚彦さんに仕事を辞めるように言われたことより、社長の対応がショックだった。

たしかに厚彦さんが社長になれば、また彼の秘書として働くこともできるだろう。

けれど今の私は？　自分なりに精いっぱい仕事をこなし、秘書として社長の、会社の役に立っていると実感できるほどには結果を残してきたつもりだ。でもそれは、全部私の思い上がりだったらしい。

こんなあっさりお払い箱になるなんて。

「それからさっさと私の代わりを指名して……馬鹿よね、私の代わりなんていくらでもいるのに」

仕事ぶりを評価して、さすがに社長から厚彦さんになにか言ってもらえると思った。そんなわけない。秘書にしても、結婚相手にしても、私はただ都合がいいだけにすぎないんだ。

『それに君となら――』

あのときの感情がよみがえり、気持ちと共に声も沈みそうになる。私は慌てて切り替えた。

「もちろんまた働くつもり。働くのは好きだし、一応それなりのスキルと経験はあると自負しているもの。だから」

借金も少しずつ返していくから、と続けようとしたが、その前に雅孝に抱き寄せられ最後まで言えなかった。

「そんな見る目がない馬鹿のせいで、わかなが傷つかなくていい」

代わりに雅孝の低い声が耳に届く。わずかに怒気を含み、苛立っているのが伝わってきた。ちらりと目線を上げ、雅孝をうかがう。

すると彼は整った顔を不快そうに歪ませながら私の頭を撫でてきた。

「お前が切られたんじゃない。こっちから願い下げしてやったんだ、そんな相手も会社も」

まるで自分のことのように腹を立てている雅孝にわだかまりが少し解ける。

私自身、納得できなかったけれど社長や厚彦さんには従うしかないと思っていた。しょうがないと割り切ろうとしていた。

こんなふうに誰かに気持ちを汲んでもらえるとは思ってもみなかった。

これは、同情されているの？　それでもいいや。

「ありがとう、雅孝」

「ま、そいつらの目が節穴のおかげで、今こうしてわかなが隣にいるんだから、ある意味感謝しないとな」

途端にいつもの調子で続けられ、私は小さく噴き出した。

「なにそれ」

そう思っているのは私の方だって言ったら、雅孝はどんな顔をするかな？

そのタイミングで、車は私の実家の前に止まった。川瀬さんに挨拶し、車を降りてバッグから家の鍵を取り出しながら玄関へと進む。

「なんでついてくるの？」

車の中で待っているのかと思ったら、なぜか雅孝まで降りてきて私の横に立った。玄関のドアを開けると一緒に中に入ってくる。

「わかなの実家に上がったことがないと気づいたんだ」

言われてみるとそうかもしれない。だからといって、今？

「とくに面白いものはないと思うんだけど」

彼の実家に比べると、有名どころの美術品や調度品などは皆無で、ごくごく普通の一般住宅だ。リビングに案内したら雅孝は珍しそうに部屋の中に視線を飛ばしている。

「ごめん、ちょっとここで待ってて」

残念ながら彼をもてなしている余裕はない。待たせている身でもあるし、早くしないと。

「手伝おうか?」

ところが、自室に向かおうとする私に声がかかった。

「なにを?」

尋ねたが、雅孝は答えずに距離を縮めてくる。そして正面から腰に腕を回され、顔を近づけられた。

「着替えるのを。さすがに着物を脱がせた経験はないけどな」

「じ、自分で脱げる!」

真面目に拒否すると、雅孝はこつんと額を重ねてきた。

「遠慮しなくていい」

「してない」

即座に答えて彼から離れようとしたが、思った以上に腕の力が強く動けない。

「わかなは昔から意地っ張りなところがあるから」

「雅孝は昔から私の話を聞かなさすぎるでしょ」

私の気持ちなんておかまいなしに振り回してくる。いつもそうだ。すると雅孝は虚を衝かれた顔になった。

「それは心外だな。わかなの話はよく聞いているし、ずっと見ている」

臆面もなく告げられ、頬が熱くなる。そういうところを言っているのに。まともに目を合わせられずにいたら、さらに雅孝は神妙な面持ちで続けてくる。

「せっかく夫婦になったんだから、もっと甘えてくれたらいいんじゃないか？」

反射的に大丈夫だと言おうとして、すんでのところで思いとどまった。私は昔から甘えるのが下手で、彼本人にも指摘されたが、とくに雅孝には意地を張ってしまうことが多い。ずっと雅孝をあきらめないといけないと思っていたから。

でも結婚して夫婦になったから、今まで通りではなくてもいいのかな？　彼への気持ちを言葉や態度に示しても。

「うん、ありがとう。そうね、私たち結婚したから……少しずつね」

素直に答えて、はっと気づく。

「でも、着物を脱ぐのは本当にひとりでできる」

言いかけて止まる。雅孝に思いっきり抱きしめられたからだ。ややあって腕の力が緩み、彼と目が合った瞬間、額に口づけが落とされた。

「わかなが甘えてくれるのを楽しみにしている。可愛い妻を甘やかすのが夫の務めだからな」

胸を高鳴らせているとゆるやかに解放され、ぎこちなく彼に背を向けた。

真剣な顔をしたと思ったら、軽い調子で冗談を言ってくる。

どこまでが本心なのか。長い間幼馴染みをしていても、こうして結婚した今も摑めない。

自室に戻り、さっさと帯に手をかけ、ほどきにかかる。着物はまた干しておかないと。重厚な着物からワンピースに着替え、あっという間に身軽になった。無意識にホッと息を吐く。

着物に合わせてまとめていた髪もゴムやピンをはずし、下ろした。普段の私だ。それからてきぱきと荷物をまとめる。

厚彦さんと結婚したら、ゆくゆくは彼と住むため家を出る予定だったから、荷造りも少なからずしていた。

心を殺して機械的に引っ越し作業を進めていた。

今はそういった気持ちは微塵もないが、これから〝雅孝と一緒に暮らす〟事実に妙な緊張感が隠せない。

リビングに戻ると、雅孝はチェストの上に並べている写真立てを見ていた。そして私に気づいた彼と目が合う。

「もういいのか？」

「うん。お待たせ」

私は彼の方に近づき、隣に並んだ。

「いい写真だな。部屋も綺麗にしているし、大事にしているのが伝わってくる」

雅孝の感想に私は目を細め、写真立てに視線を遣った。

「ありがとう。ここは家族が帰ってくる場所だから」

母が退院したら、妹が留学から帰ってきたら……。父との思い出が詰まっているこの家で出迎えられるようにと思っていた。

不意に雅孝が私の手を取り、強く握った。顔を向けると、雅孝の整った横顔が目に入る。

「でも、わかながひとりで待つ必要はない。お母さんや妹も突然帰ってくるわけじゃないんだろ？　管理のために定期的に訪れる必要があるなら俺も付き合う」

そこでこちらを見た雅孝と目が合った。

「だから、これからは俺を待っていてくれないか？　逆に俺もわかなを待つから」

雅孝の真っすぐな瞳が私を映し、心の中のかすかな寂しさを見透かされたような気がした。

住み慣れた家とはいえ、今は私ひとり。誰も帰って来ず、待っていない家に帰るのが当たり前になっていた。

家族で楽しく過ごした場所だからこそ感じる孤独感もある。

もしかすると、雅孝が今日から彼の家で一緒に暮らすのを提案したのは、私をひとりにさせないようにするためだったのかもしれない。

「そうだね。よろしくお願いします、旦那さま」

温かい気持ちに満たされ、笑顔で返す。雅孝と視線が交わったままでいたら、そっと顔を近づけられごく自然に目を閉じた。

唇に温もりを感じ、長くて甘い口づけに身を委ねる。唇が離れたかと思うと雅孝が至近距離で、不敵に微笑んだ。

「こちらこそ。たっぷり愛させてもらう」

言い終えるや否や、今度は強引に口づけられた。

「わかなは俺の妻になったんだ。誰よりも大切にする」

文句を言う前に力強く言い切られ、こちらとしてはなにも言えなくなる。雅孝はさりげなく私から荷物を取って空いている方の手を差し出してきた。

「行こうか、奥さん」

ウインクひとつ投げかけられ、私は彼の手のひらに自分の手を重ねる。

これは夢なのかな？　雅孝と結婚するなんて絶対に叶わないと思っていたのに。

彼が現れる前まで、結婚して失うものばかりを考えていた。不安の方が大きかったけれど、雅孝が相手だとこんなにも違う。

私は今日、もうひとつの帰る場所と待っていてくれる人を手に入れられたんだ。

第三章　電撃結婚の裏事情

『わかな……あのね、雅孝くんと仲良くするのはいいことだけれど、仲良くしすぎちゃだめよ』

中学校への入学を控えた春休みのある日、母から遠慮がちに言われた内容を、私はすぐには理解できなかった。

雅孝との仲は相変わらずで、小学校でも何人かのクラスメートにからかわれたり、彼目当ての女子から詰め寄られたりもしたが、幼馴染みとして普通に仲良く接している。

そう答えると、母は困惑気味に微笑んだ。

『好きになったらだめよ。つらい想いをするだけだから。異性なら尚更、いつか離れないとならない。雅孝くんはね、GrayJT Inc. の後継者のひとりとして、おじいさまの決めた相応しい人と結婚するの。わかなとは元々別の世界の人だから』

雅孝とは、同じ中学に進学する予定だ。だから、このタイミングだったんだろう。

今までは仲のいい幼馴染みで済んでいた間柄も、それでは通じず異性として意識し始める年齢だ。

広い敷地に大きなお屋敷。何人ものお手伝いさんがいて、雅孝を取り巻く環境は私はもちろん、他の子ともどこか違うんだって薄々感じていた。

そんなことは関係ないと言い聞かせ、彼の近くにいたけれど、そろそろ限界なのかもしれない。

それに、おそらく母は気づいているんだ。私が雅孝に幼馴染み以上の感情を抱いているって。淡い恋心は、今ならまだ引き返せる。

中学生にもなれば、彼が灰谷一族の次男だと意識する人間も多い。元々の性格やルックスもあって雅孝の周りには人が絶えず、私がそばに寄る余裕もない。それでも雅孝はいつも通り私に接してくれた。嬉しくもありつつ複雑な気持ちに苛まれる。

そんな中で、私と雅孝に距離ができる決定的な出来事が起こった。

彼が特定の女子と一緒にいる機会を何度か目の当たりにし、付き合っているという噂も耳に入る。彼女の方が雅孝に熱を上げている印象だったが、雅孝もなんだかんだで受け入れていた。彼女の家はインターネット関連の会社を経営しているそうで、家柄さえもお似合いだと感じる。母が言っていたのはこういうことなのかと理解できた。

これが現実だと言い聞かせ、雅孝への想いを断ち切ろうと決意する。

ところがしばらくして、彼女が泣いているところが目撃され、ふたりは別れたのではと、また憶測で周りは面白おかしく囃し立てた。

『わかな』

そんなとき、ひとりで帰っていたら噂になっているのを知っているのか知らないのか、何食わぬ顔で雅孝が声をかけてきた。

『久しぶり。元気か？』

『うん、どうしたの？』

たんに近況が気になっただけなのか、さっさと歩き出そうとしたら雅孝が思いがけない言葉を続ける。

『今度の日曜日、映画行かないか？　このシリーズ好きだっただろ？』

いつもの笑顔で誘われたが、素直に頷けるわけがない。

『……坂野《さかの》さんとは……もういいの？』

あえて本人に彼女との仲を尋ねたりはしなかったが、坂野さんの名前を出した途端に、雅孝は嫌そうな顔になる。

『付き合っていない。ちょっと会社絡みで付き合いがあって、じいさんから彼女によくするようにって言われてたからその通りにしただけだ。告白されたけど断った』

淡々と雅孝は説明するが、私の中で怒りなのか悲しみなのか、言い知れない感情が渦巻いていく。

『なにそれ。家のために坂野さんに優しくしてたの？　ひどい』

雅孝が彼女と付き合っていなかった事実に安堵すべきところ、なにかが胸に突っかかる。私の非難めいた言い方が気に障ったのか、雅孝も眉をひそめた。

『しょうがないだろ。わかなには、わからない！』

『わからないよ。自分の気持ちよりおじいさまの意思を優先する雅孝のことなんて！』

幼いとき以来の、感情を剝き出しにした言い合いだ。雅孝は整った顔を歪め、その表情を見た私はすぐに後悔したがもう遅い。私はその場を走り去った。

そこで悟る。モヤモヤしていたのは、坂野さんに同情したわけではなく、おじいさまに言われたら、家のためなら、雅孝は自分の気持ちを無視しても行動できるんだと見せつけられたからだ。まだどこか半信半疑だった母の言葉が、確信に変わる。雅孝はきっと結婚相手さえ決められた女性を選ぶんだ。そして、そんな彼を私は理解できない。雅孝の抱えているものがなにひとつわからない。

『わかなには、わからない！』

雅孝の言う通りだ。小さいときから知っていて、一緒にいたとしても私と雅孝は住む世界が違いすぎる。

現実を突きつけられてなお、彼への想いが断ち切れていないのだと実感して苦しい。

そのあと、お互い無視をするような真似はしなかったが、確実に距離はできてしまった。母が倒れ長期的に入院するのが決まったとき、雅孝は幾度となく気にかけてくれたが、私は素直に雅孝の優しさに甘えられなかった。頼ったり甘えたりしたら、心の奥底に沈めた彼への気持ちがあふれかえりそうで怖かった。

ただの同級生、ただのクラスメート。

彼はその間、別の学校で付き合っている彼女がいると噂で聞いた。おそらくその彼女も、おじいさま絡みかもしれない。していなくても私には関係ない。

やっぱり傷つかないこの関係が一番いい。つかず離れず。

いつの間にか『付き合おう』と彼にノリで言われても、軽くあしらえるほどに冗談を交わせる間柄には回復していた。そうやって雅孝との縁は大学に入っても細々と続いていた。

大学を卒業してからも、いくつかのゼミが合同で声をかけ合い地元に残ったメンバーでたびたび集まった。そのときは雅孝も参加していて、彼は学部を卒業したのち大学院に進学して修士課程を修了したらしい。博士課程には進まないのか。そんな疑問を抱きつつそれなりに世間話をして、お互いの近況報告にいつも通り盛り上がる。

雅孝と他愛ないやりとりを交わすのは、やっぱり楽しい。彼の本心や彼女や結婚についてはさすがに聞けなかったけれど、この関係を望んだのは私だ。大人になって対人スキルも上がり、仮面のかぶり方もうまくなっていた。

もっと楽しみたい気持ちを抑え、明日も仕事で実家住まいでもあるので一次会が終わったタイミングで帰ろうとしたときだった。

『わかな』

雅孝に呼び止められ『もう少し話さないか』と切り出される。迷ったのは数秒で、私は首を縦に振った。気まずかった思春期を通り過ぎ、今は彼と普通に話せる。幼馴染みとしてもうちょっとだけ昔話に花を咲かせてもいいかもしれない。

夜風が火照った頬に当たり、心地いい。誰もいない公園のベンチに並んで座り、懐かしい思い出話をしていたら、不意に雅孝が黙り込んだ。どうしたのかと尋ねる前に彼がこちらを向く。

『俺と付き合わないか？』

今まで何度か『付き合おう』と彼の口から言われたことがある。けれどかつてないほどの真剣な声と表情に戸惑う。いつも通り、軽くあしらうべきだ。でもこのときはそれを許さないと言わんばかりの雅孝の真っすぐな眼差しに、言葉を失う。

瞬時に私の頭の中で様々な思考や予測が飛び交い、自分の気持ちさえ見えなくなる。

どういうつもりなのか。お互い、お酒も入っている。彼に限って一夜限りの相手を求めているとも思えない。そもそも求めていたとしても、私を選ぶわけがない。

だったらなに？　真剣に私と？　でも雅孝は……。

『雅孝くんはね、GrayJT Inc. の後継者のひとりとして、おじいさまの決めた相応しい人と結婚するの。わかなとは元々別の世界の人だから』

『付き合わない』

結論が先に口を衝いて出る。続けて念を押すかのように私は答えた。

『雅孝とは付き合わない、絶対に』

彼に対してよりも自分自身に言い聞かせている気がした。「冗談だ」って返されるのを待つ。「本気にしたのか？」っていつもの調子でからかえばいい。むしろそうであってほしい。

『……そうか』

けれど重い沈黙のあと、雅孝の口から紡がれたのは、たったその一言だった。彼を見ると、どことなく切なげで、つらそうな顔になにも言えない。

だって、付き合ってどうするの？　雅孝はおじいさまの選んだ相手と結婚するんでしょ？　それまでの暇つぶし？

そう聞けばよかったと後悔したのは、彼がアメリカに留学してしばらくしてからだ。

そんな彼と同じように飲み会で再会して、まさか結婚することになるなんて。

目が覚めると、見慣れない天井が目に入る。時間の感覚さえ曖昧でしばらくぼうっとしていた。眠たさを振り払い、スマホを確認しようと手を伸ばすが、いつもの位置にない。

そこで意識が覚醒し、がばりと上半身を起こす。昨日私は、本当は別の人と結婚する予定だった。ところがその直前に現れた雅孝と入籍し、バタバタと用事を済ませたあと、彼のマンションにやってきたんだ。

どこまでが夢？　なにが現実？

混乱する頭を押さえ、深呼吸をして記憶を辿る。

ここに到着し、部屋を案内されながら雅孝から基本的な説明を受けた。ひとり暮らしをするにはもったいないほどの広さと部屋数で、私にも一室あてがわれる。

ただしベッドは雅孝の使っているものしかないとさらりと告げられ、嫌でもあれこれ意識してしまった。私たちは恋人同士だったわけでも、付き合ったこともない。ただの幼馴染みだ。成り行きでキスを交わしたものの、逆に言えば本当にそれだけの関係だ。

とはいえ今日は俗に言う初夜で、結婚したのだから逃げるわけにもいかない。ものすごく緊張してしまい、夕飯もろくに食べられなかった。

そして雅孝に勧められるままにシャワーを先に借りて、ベッドで彼を待っていたのだが、そこから記憶がない。どうやら雅孝が来る前に寝てしまったようだ。

情けないやら、申し訳ないやら。でも、どこかで安心している自分もいる。

雅孝はどうしたんだろう？　ここで寝た？　寝られたのかな？

ひとまずベッドから下りてリビングに向かう。スマホも昨日から彼に預けっぱなしだ。寝室の時計を見ると午前九時前で、こんなに熟睡したのは久しぶりかもしれない。

ここ最近、入籍へのカウントダウンに心が落ち着かず、ずっと眠りが浅かった。だからといって、初めての場所でこんなに眠れるなんて驚きだ。ましてや異性のベッドで。

ただの異性じゃなくて、雅孝だからかな。

そういえば昔、雅孝のお屋敷の中を探検しているうちに、遊び疲れて彼と一緒に眠ってしまったこともあった。基本的に怖がりだったけれど、雅孝が手をつないで一緒にいてくれたらどこへでも行ける気がしていた。

　思い出を振り払い、手櫛で髪を整えながらリビングに続くドアを開けようとする、その直前。

「まったく。それにしても突然すぎるだろ」

「だから、事情は説明した通りだって」

　雅孝が誰かと会話していると気づき、心臓が跳ね上がる。聞き覚えのある声と内容からすると、相手はおそらく宏昌さんだ。

　昨日、雅孝の急な要求をなんだかんだで彼は呑んでくれた。私もお礼を告げて自分の口から今回の経緯を説明するべきなのかもしれない。

「お前が急に結婚する気になったのは、会社立ち上げの件で、じいさんに条件を出されていたからか？」

　しかし続けられた宏昌さんの言葉に私は固まる。

　条件ってなに？

　雅孝の答えを待つが、聞こえてくるのは静寂だけだ。

「この結婚もじいさんが絡んでいるんだろ？」

　痺れを切らしたかのように宏昌さんが再度尋ねた。心臓が早鐘を打ち出し、たった数秒の沈黙があまりにも長く感じる。

「ああ、じいさんに言われたんだ」

聞こえてきた雅孝の声に、私は息を止める。思考が、理解が追いつかない。

けれど、さらに雅孝がはっきり言い切る。

「じいさんに言われなかったら、俺はわかなと結婚していなかった」

鈍器でうしろから頭を殴られたような衝撃。そんなたとえがぴったりだ。

私は気配を消してその場から離れ、ふらふらとベッドに舞い戻る。うつ伏せになって倒れ込み、ぎゅっと体に力を入れた。

なにをこんなにショックを受けているんだろう。

最初からこの結婚に、雅孝の気持ちがないのはわかっていた。いくら幼馴染みで放っておけない状況だったとはいえ、わざわざ結婚までして借金を肩代わりするなんて普通では考えられない。

そこまでする必要性ってなに？　この結婚は、雅孝にとってなんのメリットもないのに。

だったら、最初からおじいさまの意思があったと考える方が自然だ。でもおそらく相手が私というのは、おじいさまの中では想定外だったのだろう。私はGrayJT Inc.

に利益をもたらすような家柄ではない。

『いいだろう。雅孝、お前の心意気を買ってやろうじゃないか』

『約束だったな、あとは好きにしたらいい』

大事なのは、雅孝が結婚をすることだった？

『お前が急に結婚する気になったのは、会社立ち上げの件で、じいさんに条件を出されていたからか？』

そっか。彼も厚彦さんと同じなんだ。必要なのは結婚の事実だけで……。

その考えに至り、すぐに否定する。

厚彦さんと雅孝は全然違う。雅孝は私を下に見たり、支配しようとはしない。ちゃんと向き合おうとしてくれている。

『世界で一番幸せな花嫁になるんじゃなかったのか？』

事情を話さないのは、雅孝なりの優しさなのかもしれない。だったら私も、彼からなにか言ってこない限り、余計な詮索はしない方がいいのか。聞かなかったことにすべき？

思考がぐるぐると回り、うまくまとまらない。体勢も合わさり息が乱れて苦しい。

『じいさんに言われなかったら、俺はわかなと結婚していなかった』

痛みで視界が滲むのを、目を閉じてぐっと堪える。この言葉が棘となって胸に刺さったまま取れない。

しばらくして身を起こし頭を振って気持ちを切り替える。悩んでも、傷ついたままでいてもしょうがない。前を向かないと。

とにかく求められるものには応えるようにして、彼にとって精いっぱい、いい妻になろう。それが私にできる唯一の恩返しだ。

『好きになったらだめよ。つらい想いをするだけだから』

つらい想いを覚悟したままなら好きでいてもいいのかな？　この結婚で少しだけ彼に近づけたと思ったのに、やっぱり遠いままなんだ。

いつまでも寝室にこもっているわけにもいかない。ドット柄のシフォンブラウスにネイビーのチノパンを合わせ、頃合いを見計らう。九時半を過ぎ、宏昌さんも帰ったようなので、私は今度こそリビングに顔を出した。

「おはよう」

声をかけると、ソファに腰かけパソコン画面を見つめていた雅孝の視線が、こちらを向いた。

「おはよう。よく眠れたか？」

真剣な眼差しから一転、優しく問いかけられ胸がざわつく。私はさらに一歩彼に近づく。

「うん。ありがとう。その……ごめんね」

曖昧に謝罪したが、これはなにに対してなのか。自分でもはっきりさせられない。

今、起きてきたこと？　昨夜、先に寝たこと？　それとも……。

「気にしなくていい。どうせ入籍を前に、あれこれ考えてろくに眠れていなかったんだろ？」

どうやら前者と捉えられたらしい。さらりと図星を突かれ、私はすぐに言い返せなかった。

「わかなが、ゆっくり休めたならいい」

そう言って雅孝は席を立ち、こちらに歩み寄ってくる。今日の彼はグレーのオックスフォードシャツに黒のテーパードパンツとシンプルな組み合わせだ。

「あと、これ」

彼が手渡してきたのは、私のスマートフォンだ。

「着信やメッセージが何件か入っているだろうが、全部無視していい。すでにうちの顧問弁護士に間に入ってもらっている」

「え？」

昨日の今日で、そこまで話が進んでいることに驚く。あのあとに厚彦さんからどんなメッセージが送られてきているのか不安になり、今すぐ確認するべきかと悩む。

私の手元にあったら、こうやってずっと相手の反応を気にしていたかもしれない。

厚彦さんはもちろん冬木社長の個人的な連絡先も登録しているし、借金の件について交渉するためとはいえ、物理的に雅孝が預かってくれていてよかった。

結婚についてはどうなんだろう。これは私から先方に直接話さないと。

「ちなみに」

雅孝がさらに続け、私の意識はスマホから彼に移る。

「指輪はどうした？」

彼の問いかけに私は目をぱちくりとさせる。厚彦さんからの？

私の思考を読んだのか、読んでいないのか。雅孝は不機嫌そうに眉をひそめた。

「俺が贈った指輪。気に入らなかったのか？」

まさかそちらとは思ってもみなかったので、私は慌てて否定する。

「ち、違う。お風呂に入る前にはずして、きちんとしまっている」

正直に答えたが雅孝の顔は渋いままだ。

「つけたままじゃだめなのか？」

「あんないいもの、つけっぱなしにできないよ」

使われているダイヤの数や大きさ、デザインからして、おそらく一般的な婚約指輪の相場以上だ。値段を聞くなんて無粋な真似はしないしアクセサリーは好きだけれど、私が普段使いできるような代物ではないのは間違いない。

「つけていてほしくて贈ったんだ」

あっさり納得してくれると思ったら、雅孝は真剣な面持ちで訴えかけてきた。こうなると、なんだか私が悪いことをしているような気がしてくる。

しかし、雅孝が突然ため息をついた。

「悪かった。わかなの気持ちも考えず、無理強いするものじゃないな」

苦笑しながら謝罪され、私は首を横に振る。

「そ、そんな」

「今日」

フォローしようとする前に、雅孝が私の左手を取って強く言い切る。

「結婚指輪を見に行こう。そこで、わかながずっとつけていてもいいと思えるデザインのものを選びたい」

握られていた左手は、軽く指先を絡めて握り直される。伝わってくる体温は雅孝の方が高い気がした。

「雅孝も……指輪をするの？」

小さく問いかけると雅孝は目を細め、額を重ねてきた。

「そうだな。わかなとおそろいの指輪をつけるよ」

雅孝はおじいさまから出された条件を満たすために〝結婚〟をした。すべては、自分の会社を立ち上げたいからだ。

そんな彼にとって結婚指輪は、既婚者の印は必要なものなのかもしれない。それでも彼と同じ指輪をつけるのはなんだかくすぐったい。

「うん。わかった」

納得して答えると、不意に唇を重ねられる。目を閉じる暇さえなく、動揺する前に雅孝に抱きしめられた。結婚したとはいえ昨日の今日で、どぎまぎする。アメリカにいたから？　なんでためらいもなく触れられるんだろう。

「ひとまずメシにしよう。コーヒーは？」

「……いる。ミルク多めにしてほしい」

動揺を顔には出さず素直に答えた。

「了解」

そっと解放され、キッチンに向かう雅孝のあとを追う。

「自分でするよ」

昨日、キッチンに関してもどこになにがあるのか一通り聞いた。それに立場的にも逆のような気がする。私が彼のためになにかしないと。

「いいから座っておけ」

けれど雅孝は私の頭に手を置き、やんわりと申し出を断った。彼の笑顔に、食い下がる気持ちが抑えられ、おとなしく踵を返す。テーブルについて、そこからキッチンに立つ雅孝を見つめる。

すらりと背が高く、整った横顔。落ち着いた茶色い髪がよく似合っていて、コーヒーを淹れているだけなのに悔しいほど絵になる。所作にも無駄がなく、どこか気品さえ感じるのは、彼の育ちのよさが自然とそうさせているのかもしれない。

ひとり暮らしが長いとはいえ雅孝は正真正銘の御曹司で、昔から身の回りの世話をする人間はたくさんいるのに、彼はそれに甘んじない。けっして自分の家柄や地位を振りかざす真似はしなかった。

ややあって、コーヒーのいい香りと共に両手にカップとお皿を持った雅孝が近づいてきた。背後から目の前に置かれたカップと同じ青色のお皿には、程よい焼き色がついたブリオッシュ生地のトーストが乗せられている。バターの匂いが香ばしく、わざわざ別皿にジャムが添えられていた。

こういうとき、彼のまめさを実感する。

「雅孝に朝食を用意してもらうなんて、なんか不思議」

「高いぞ？」

しみじみ呟くと茶目っ気あふれる切り返しがある。私は振り返り、雅孝の目を見て微笑んだ。

「でしょうね」

肯定されたのが意外だったのか、虚を衝かれた顔の彼に私は続ける。

「ありがとう……こうやって誰かにご飯を用意してもらうの、すごく久しぶりだから嬉しい」

高校生の頃に母が倒れて、入院中の家事は父や妹と手分けしてこなしたが、それから必然的に私が中心に母の代わりを務めた。大変じゃなかったといえば嘘になる。母を心配して、妹のフォローをして、父を支えて……。

いつも誰かのために必死で、自分のことは後回しだった。それが当たり前になっていたから、雅孝の優しさが思った以上に身に染みる。

「大げさだろ。これくらい、いつでもしてやる」

照れているのか、あきれているのか。うしろからぶっきらぼうな声が降ってきた。

「ふふ。高いのに？」

今度は私がからかい交じりに返す。

わかっている。きっと雅孝にとってはなんでもないことなんだろうな。

今まで付き合った彼女たちにも、こんなふうに甲斐甲斐しく尽くしてきたのが容易に想像がつく。

私だけじゃない。

「わかなだけは特別だ」

思考を打ち消すタイミングで雅孝が答えた。真剣な面持ちの彼から目が離せない。

「妻として、俺に大事にされて甘やかされていたらいいんだ」

きっぱりと言い放ち、目が合うとそのままゆるやかに顔を近づけられる。目を閉じたら、唇から温もりが伝わってきた。ほのかにコーヒーの香りがするのは、雅孝が先に飲んでいたからなのか。

「わかったか？」

そっと唇が離れ、至近距離で彼に尋ねられた。ああ、もう。

以前の私なら素っ気なく返したかもしれない。でも今は雅孝に対して素直になってもいいんだ。そこまで自分の気持ちを押し殺さなくても。

「恐縮です、旦那さま」

私の返事に納得したのか、していないのか。額に口づけを落とされ解放される。

続けて私はわざとらしく前を向き、カップに手を伸ばした。

私の希望通りコーヒーの黒はすっかりミルクの白に負けている。ブラックも飲めなくはないが、できればミルクを入れて飲むのが好きだった。

一口舌の上に流し込むと、苦みはすっかりミルクで緩和され、その中でも旨みやコクを感じる。ちょうどいい配分で美味しいけれど、どこか味に集中できず、もったいない気がしてしまった。雅孝に頼んだら……また淹れてくれるのかな？

改めて私の前に座ると、雅孝もコーヒーを淹れたカップを手に取った。とくに会話がなくても、こんなふうに同じ空間を過ごせるだけで不思議と温かい気持ちになる。子どもの頃からそう。彼のそばは心地がいい。

でも、これが当然だと思わないようにしないと。私たちの結婚は純粋なものではなく、様々な思惑のうえに成り立っているんだから。

雅孝と入籍して、気づけば一週間経った。彼と結婚した実感があるのかといえば、ないわけではない。各種手続きのため一度戸籍謄本を取得したら、婚姻届は無事に受理されていて雅孝との新しい戸籍ができていた。

まじまじ見つめて、感慨深くなったのはほんの一瞬。次はそれを持って、役所や銀行など様々な名義変更を行うために奔走する。

おかげで何度も〝灰谷わかな〟を目にすることになった。この点だけを言えば、名字を変えた側の方が圧倒的に負担が大きい。けれど文句を言える立場ではない。

雅孝から返されたスマホには厚彦さんからの着信と、一方的に私を責め立てるメッセージが何通も送られてきていた。彼は、私自身には興味も執着もまったくない。会社を継ぐための条件に加え、借金を肩代わりしているという強みに、なにをしてもけっして自分に逆らわず、常に見下せる妻が欲しかっただけだ。格下と思っていた相手が土壇場で手のひらを返したから、彼のプライドが許さないのだろう。

とはいえ彼に対しては冬木社長も含め一度きちんと話すべきだと思い、連絡を取ろうとしたが雅孝に止められてしまった。借金に関するやりとりもあるので下手に接触するなと言われ、どうするべきか悩んだ末に自分の思いと謝罪を手紙にしたため、もらった婚約指輪も添えて郵送する形を取った。

予想はしていたが相手から返事はなく、それどころか連絡さえ一切ない。

肝心の父の連帯保証人の件については、話していた通り灰谷家の顧問弁護士が処理をしてくれたらしく、私としては信じられない思いと申し訳なさでいっぱいになり肩をすぼめた。そのお金はどこから出たのか。少しずつでも返すつもりがあるとはいえ、おじいさまや雅孝のご両親にまで迷惑をかけてしまったのではと青ざめる私に、雅孝はさらっと『俺の個人資産で十分だった』と告げた。

驚きで呆然とする私に『結婚したんだ。妻の支払いを夫がしてなにが悪い？　だから夫婦間で返済とか言うなよ』と続け、それ以上この話題に触れることを許さなかった。

そうは言っても、雅孝になにもうしろめたさを感じないほど私も鈍くできていない。それを感じさせないようにするためなのか、雅孝は必要以上に私を甘やかそうとした。正直、こちらが困惑するほどに。

私の髪に触れる手の動きが止まったのを感じ、おもむろに口を開く。

「疲れているみたいだし、もう寝た方がいいんじゃない？」

私は今、ソファに座る雅孝の膝に横抱きされる形で彼に抱きしめられている。

寝支度を整えて寝室に向かう前にこうして彼と触れ合うのが恒例になりつつあった。

もちろん言い出したのは雅孝の方で、おそらく素直になれない私に気を使ってなのかもしれない。

基本的にどんなに遅くても彼が帰宅するまで起きて待っているけれど、今日みたいにあからさまに疲れている雅孝を前にすると一刻も早く寝た方がいいと思う。

「今はわかなを甘やかす時間なんだ」

私の提案はさらっと受け流される。どこまで本気なのか、相手の顔が見えないので判断できない。

「私のため？」

聞き返すと、回されている腕に力が込められ、よりいっそう彼と密着した。

「俺が癒されたい」

白状するように呟かれ目を丸くする。

「わかなの温もりは落ち着くんだ」

臆面もなく告げられ反応に困る。ここで「私も」と言えたらいいのに、自分の立場や性格からとっさに素直になれない。

「雅孝、昔大型犬飼いたいって言ってたものね」

結局、わざとおどけて返してみる。三人兄弟の真ん中というポジションもあって、雅孝が意外と寂しがり屋な一面があるのを知っている。

まさか私が犬の代わりってわけではないと思うけれど。

「よく覚えてるな」

驚きが声に表れている。雅孝が言ったように私だって彼の話はよく聞いていたし、ちゃんと覚えている。好きで……ずっと想っていたから。

「でも、もう犬はいらない」

そう言うと雅孝が腕の力を緩め、私の顔を覗き込むようにして目を合わせてきた。彼の瞳に捉まり、そのまま口づけられる。

おとなしく受け入れていたら彼の手がパジャマ越しに脇腹を撫でた。くすぐったさと触れられた驚きで眉をひそめる。

「ちょっ」

キスを中断して抗議しようとしたら首筋に唇を寄せられる。

「わかながいるからな。犬はこんな可愛い反応してくれない」

余裕めいた口調で、続けて音を立てて薄い皮膚に口づけられた。

「ん、だめ」

反射的に身を捩ると、彼に思いっきり抱きしめられる。

「あー、本当に可愛い」

なだめるように頭を撫でられ、いちいち反応していた自分が恥ずかしい。

やっぱり犬というかペット扱い？

「雅孝が寝ないなら、私が先に寝る」

「それはこのままベッドまで連れていってほしいってことか？」

口を尖らせ宣言したら、あっけらかんとした返事があった。

「違う！」

真面目に否定して彼の腕から抜け出そうとする。毎日これだと身がもたない。

そんなふうに適度にスキンシップがあって夫婦として過ごしつつ、日常では一緒に買い物に行って食べたいものを話しながら献立を考えたり、たまに思い出話に花を咲かせては盛り上がる。お互いの予定を確認して、家事分担などは決めずその場その場で自然とフォローし合う。

結婚した経緯や雅孝の気持ちを考えたら、私たちはきっと〝普通〟じゃない。でも私は十分に幸せだった。

食材の買い物を終えマンションに帰宅し、あてがわれた部屋に入ると一番にパソコンの電源をつける。しばらくして私は、キーボードを叩き始めた。いくつものグラフと数字をわかりやすくまとめ、情報を整理していく。懐かしい感触に胸が躍った。

私が作成しているのは、いくつかの大手開発システム会社の過去十年の業績の変遷について、ある一定の情報だけに特化してまとめているものだ。どの企業も停滞、悪化、飛躍の局面を迎えることがある。経営者の交代、市場と景気の関係、新規サービスの展開でコアコンピタンスが移り変わるなど、その折々において根拠となる背景を分析して紐づけし、可視化していた。

ことの始まりは数日前、雅孝が難しい顔でパソコン画面と机の上に広げた紙資料とを交互に睨めっこしていたところに私がコーヒーを差し入れたときだ。

どうしたのかと尋ねたら、業界の研究と検証をしたいのだが、送られてきたものがほぼ手を加えられていない文字と数字の羅列で、このままではデータマイニングには使えないとため息交じりで返される。そこで、どういったデータが欲しくて、なにを主軸に分析したいのかを聞いた。

軽く説明され、秘書をしていたときに似たような資料を扱った経験があったのでおずおずと申し出る。

『……私、やろうか？』

雅孝はあまり本気に捉えていなかったが、試しにと作ったデータのまとめを翌日見せたら、彼の希望していたものに近かったらしく、正式に依頼を受け資料を作成することになったのだ。幸い、時間はたっぷりある。

ヴィンター・システムを辞めさせられ、燻っていた気持ちが作業を通して晴れていく。やっぱり仕事が好きだと再確認した。

なにより少しでも雅孝の役に立てるのが嬉しい。

それにしても、普段の仕事をこなしながらこうやって自分の会社を興す準備をしているなんて、雅孝の抱えているものは予想以上に大変でたくさんあるようだ。

だから、なのかな？

私はふとキーボードを打つ手を止めた。

お互い、同じベッドで寝ているのに、まだ一線を越えないのは。

スキンシップは十分にしているし、雅孝も遠慮なく私に触れる。抱きしめてキスまではするが、なぜその先はしないのだろう。私に気を使っている？

たしかに私たちは愛し合って結婚したわけじゃない。彼が欲しかったのが、おじいさまの条件を満たす既婚者の肩書きだけだとしたら。子どもを求めているわけではないのなら、夫婦生活がなくても納得だ。

少しだけ寂しく感じてしまうのは……贅沢なのかな？　アメリカにも滞在していた雅孝にとっては、実は私との触れ合いもあまりたいしたことではないのかもしれない。

そろそろ夕飯の支度をする時間だ。時計を確認し、余計な考えを振り払う。次のきりのいいところまでと決めて、私は作業に集中した。

今は家にいるのもあって、料理はおもに私の担当だ。基本的にどの家事もこなせるし、苦ではない。予想外だったのは、ひとり分を作るのが板について生活していたので、ふたり分の料理に慣れておらず、意外にも分量に苦戦してしまう。

今後はふたり分用意するのが当たり前になっていくのかな。

キッチンで作業をしているとリビングのドアが開いた。

「おかえりなさい」

手を動かしながら声をかけると、案の定、スーツ姿の雅孝が顔を出す。

「ただいま。明日も一度、会社に行ってくる」

軽く明日の予定も報告され、私は「わかった」と短く返す。すると彼は自室に向かわず、こちらにやってきた。

「いい匂い。これ、なに？」

背後から抱きつかれ、耳に吐息を感じるほどの距離で問いかけられる。質問は子どもみたいなのに、密着した体勢にドキドキする。

「ナスとミートボールのトマト煮込み」

それを悟られないように端的に答えた。

あとのメニューはアスパラガスと卵の炒めもの、新玉ねぎと鰹のカルパッチョを用意している。今も完成させていたトマト煮込みを温めているだけで、夕飯自体はすぐに準備できる。

ところが、きちんと回答したのに、雅孝は私から離れる気配を見せない。

「早く着替えないとスーツに匂いがつくよ？」

暗に離してほしいと脅しも交えて訴えかける。しかしどういうわけか、回されている腕の力が強められた。

「わかなの匂い？」

耳元で低く囁かれ、肩がびくりと震える。意図せず心臓が早鐘を打ち出した。

「それは本望だな」

そう言って耳たぶに唇を寄せられ、反射的に身をすくめた。雅孝は気にせず首元に顔をうずめて音を立てて皮膚に口づける。さすがに鍋を掻き回していたおたまから手を離して、前に回されている雅孝の腕に手をかけた。

「ちょっと……離、して」

今度は動揺を隠す余裕などなく、真面目に懇願する。すると驚くほどあっさり解放された。振り向いて雅孝を見ると、彼は余裕たっぷりに微笑み、私の頭に手を置いた。

「今日も癒された」

よしよしと撫でられ、私は目を瞬かせた。

「あのねぇ、料理中は危ないでしょ」

思わず早口で責め立てたが、雅孝は顔色ひとつ変えない。

「わかった、いつもみたいにあとでじっくり癒してもらう。でも、妻の可愛らしい反応を見て、おかげで仕事の疲れが吹き飛んだ」

軽い口調で返されて、なにか言い返そうとしたが言葉を呑み込む。いちいち真面目に取り合っていたらきりがない。

気を取り直して、雅孝に向き合った。

「なら早く着替えて、ご飯の準備手伝ってくれる?」

「了解」

頭に触れていた手が離れ、短く返される。もう温まっただろうと火を止めようとしたら、さりげなく唇を重ねられた。

反応する前に雅孝はさっさと背を向け自室に向かう。唇に残る余韻を無視して、私は食器を取り出した。

そして何事もなかったかのように夕飯は始まった。雅孝はあまり好き嫌いがないので、なにを作っても美味しそうに食べてくれるのはありがたい。それでも極力、雅孝の好みに添うようにとメニューを考えるのは、純粋に喜んでほしいからだ。

「あとで途中までだけど作った資料を確認してくれる？」

「わかった。助かるよ」

他愛ないやりとりを交わしながら同じテーブルを囲む。私はあまりお喋り上手ではない。

厚彦さんと何度か食事をした際も、なにか話題を切り出せばたいていは否定され話は続かない。黙っているとつまらない女だと評され、どうすればいいのかわからなかった。

なんであの人は私と結婚しようと思ったんだろう？

『君と結婚したら、父が俺に会社を継がせることを考えてもいいと言ってきたから』

そうだ、社長から私との結婚を条件に、会社の後継者の話をされたからだ。

雅孝も、同じ……なんだよね。

『それに君となら結婚しても――』

「わかな」

名前を呼ばれ我に返る。

「な、なに？」

「どうした？　暗い顔して」

心配そうな面持ちでこちらを見ている雅孝と目が合い、私は慌てて首を横に振った。

「なんでもない。ごめん、ちょっとぼうっとしちゃって」

雅孝の指摘に私は笑って誤魔化した。つくづく、雅孝は私のことをよく見ているのだと実感する。思えばこの結婚もそうだ。

私と結婚した理由がたとえ厚彦さんと同じでも、雅孝と彼はまったく違う。私にとってもだ。

食事を終え、簡単に片付けを済ませて、やっと一息つく。

雅孝は私が作った資料を確認したあと、再び自室に向かった。今のところは出来に文句はないようで、このまま予定通り進めていくて手筈になった。作業を続けるべきか、少し休むか。迷っていたら雅孝がリビングに顔を出した。

「わかな。今、ちょっといいか？」

「なに？　気になる箇所でもあった？」

けれど雅孝の様子からすると、資料の件ではないらしい。彼の手には小さな手提げ袋があった。

「指輪ができたんだ」

そこで理解する。指輪とは結婚指輪のことだ。


入籍した翌日の午後、雅孝に言われるまま私たちは結婚指輪を見に行った。結婚指輪に関して希望を聞かれたものの、とくにこだわりがなかった私は『婚約指輪と同じメーカーがいいのかな？』となにげなく答えた。

そして連れていかれたのはニューヨークの一等地に本店を構える世界的に有名なハイジュエリーブランドのお店だったので、私は自分の選択が合っていたのか、間違っていたのかよくわからなくなってしまった。怖じ気づく私をよそに雅孝は私の肩を抱いて颯爽と店内に入っていく。

ジュエリー店独特の照明に目眩を起こしそうになっていると、物腰の柔らかい店員が対応してくれた。

最新作や人気のデザインまで淀みなく説明され、様々なリングを紹介される。そのときある指輪がふと目に留まり、それとほぼ同時に雅孝が店員に声をかけた。彼が指定したのは私が気になった指輪で、あまりのタイミングのよさに驚く。

勧められるままにその指輪を見せてもらうと、リング自体が花をイメージしたフォルムになっていて、ゆるやかな曲線の花びらを模したところにダイヤが連なっていた。

『わかなにはこれが似合うと思う』

気になった指輪を見透かされていたのかと雅孝を見つめると、彼はつけさせてもらったらどうかとさらに提案してきた。

緊張しつつ自分の左手の薬指にその指輪をはめてみる。指輪単体だと可愛らしいイメージがあったが、つけてみるとわりとシンプルな印象だ。見る角度によってリングのカットがダイヤと共にきらりと輝き、飽きのこないデザインになっている。

『いいんじゃないか。よく似合っている』

雅孝に背中を押され、私は素直に頷いた。

『うん。これにしてもいいかな？』

もちろん彼は断ったりしない。大事な決断かもしれないが、こんなにあっさり決まると思わなかった。けれどこの指輪が、見たときから自分の中ですごくしっくりきたのだ。

値段をなにも気にしなかったのは申し訳ない。女性用を決めてから、男性用はこちらですと案内され、雅孝の好みはよかったのだろうかと気になったが、彼も特段こだわりはないそうだ。

サイズを調整したり、裏に刻印を彫ったりできるそうで、そういったことをお願いすると実物が出来上がるのはおよそ二週間後だと伝えられていた。

「取りに行ってくれたんだ……忙しいのにごめん」

「気にしなくていい。俺から渡したかったんだ」

ソファに腰を下ろす雅孝のそばに私も寄る。少しだけ間を空けて彼の隣に座った。

雅孝は手際よく箱からリングケースを取り出し、中を開く。ふたつ並んで輝く指輪は、あの日店で選んだものだ。

「わかな、手を貸せ」

彼の指示に従い左手を差し出すと、おもむろに指先に手を添えられる。雅孝は指輪をケースから取り出し、私の薬指に静かに指輪をはめていった。いちいち心臓がうるさい。どうして雅孝は平然としていられるんだろう。

無機質な金属のひんやりした感触に意識を集中させる。指先から伝わる体温は対照的に熱く感じた。

しっかりと私の指元に収まり、傷ひとつない滑らかな表面が光を反射している。

「これでよかったのか?」

「え?」

指輪を見つめていたら、雅孝から予想外の問いかけがある。

「わりと俺が強引に勧めたから、わかなの意思はどうなんだろうって」

彼の心配に、私は間髪をいれずに反応する。

「私ね、これが目に入ったときから気になってたの。だから雅孝が店員さんに声をかけてくれて、びっくりしちゃった」

トントン拍子に決まったのは、彼に任せっぱなしにしていたからでも、自分の意思を押し殺していたからでもない。

雅孝が私を理解してくれているからだ。

「この指輪を選んでくれてすごく嬉しい。ありがとう、大事にするから」

感謝の気持ちを伝えたくて一方的に捲し立てる。雅孝は目を見張ったあと、ふっと微笑んだ。

「結婚指輪は、いつもつけておけよ」

婚約指輪のときにも散々言われた。雅孝自身はともかく、私にまでこだわる必要あるのかな。言いつけは守りたいけれど、シャワーを浴びるときはこっそりはずそう。

「にしても、間に合ってよかった」

不意に雅孝が独り言のような呟きをして、私は彼を見た。目が合い、雅孝はどこか曖昧な面持ちになる。

「来週末、情報サービス業界の会社が集まるレセプションパーティーがあるんだ。そのとき、わかなには俺の妻として一緒に参加してほしい」

浮かれていた気持ちが一瞬で急降下する。彼が結婚指輪を急いだのも、私につけておけと言ったのにも理由がある。忘れていたわけじゃない。彼には妻がいて、結婚したと第三者に示さないとならないんだ。

「うん、わかった。どんな格好がいいのかまた相談させて」

ビジネスと割り切るには難しいけれど、雅孝のために役立ちたい気持ちに嘘はない。その場をあとにしようと体の向きを変えたら、腕を摑まれ阻止された。

「俺には、はめてくれないのか?」

打って変わって含んだ笑みを浮かべる雅孝に困惑する。そんな私にかまわず、雅孝は距離を縮めてきた。

「結婚式のときには指輪の交換をするんだから、練習と思ってやってくれてもいいんじゃないのか？」

その発言に目を剝く。すっかり頭から抜けていたが、雅孝の立場を考えるとお披露目を兼ねた結婚式をしないという選択肢はないだろう。

「わかなはどんな式がいい？」

それなのに、こうしてまずは私の希望を聞いてくれるのが雅孝らしい。きっとなにかを口にしたら、彼は全力で叶えようとするのだろう。

「私の希望はとくにないよ。雅孝のいいようにして」

私は彼の結婚指輪だけが残っているリングケースに手を伸ばす。

「雅孝の助言に従って、練習しておこうかな」

さすがに今までの彼女でも雅孝に指輪をはめた女性はいない……よね。くだらない独占欲だと自分でもあきれる。

ただ、こうして雅孝の左手の薬指に指輪をはめたとしても、結婚しても彼は私のものにはならない。私が雅孝のものだとしてもだ。私たちは、この結婚はけっして対等じゃない。

こうしておそろいの指輪をつけてみて、満足そうな表情をする雅孝とは対照的に私はなんだか泣きそうになってしまった。

そこで彼と視線が交わる。心臓が跳ね上がり、とっさに顔を逸らそうとしたらそれを阻止するように頤に手を伸ばされた。続けて顔を近づけられ唇を重ねられる。

「キスの練習も必要だと思って」

目を閉じる間もなく唇は離れ、何食わぬ顔で雅孝は告げてきた。

「あのねぇ」

肩を落としそうになる。すると雅孝は私の左手をそっと取った。

「なんだかいいな。こうしてわかなとおそろいの指輪をするの」

彼の口調も表情も柔らかく、本当に嬉しそうなのが伝わってくる。だから私も素直に同意した。

「うん。見える形で私たちが夫婦だってわかるの、なんだか不思議ね」

雅孝の左手が私の左手に重ねられる。光を反射して輝くまっさらの指輪を視界に捉え、私も微笑む。同じように指輪に視線を注いでいた雅孝と目が合い、今度はどちらからともなく口づけを交わす。長くて甘いキスに幸せな気持ちになる。

ところが、私から終わらそうとしたら雅孝に頬に手を添えられ阻止される。

「んっ」

息が苦しくて無意識に唇を開けると、その隙間に軽く舌を滑り込まされ驚きで今度こそ顎を引いた。

「こ、こんなキスを結婚式でしたら非難ごうごうだと思う」

照れもあってぶっきらぼうに言い放つと雅孝は微笑んだ。

「そうだな」

あっさり肯定されなんだかおかしくなり、雅孝と顔を見合わせ思わず笑った。

静まり返った寝室で何度もため息をついては寝返りを打つ。先ほどのやりとりも合わさり眠気が遠のいていた。雅孝と入籍してもう二週間になり、本当にあっという間だった。目をつむると走馬灯のように記憶が駆け巡る。

左手を上げて、改めて薬指に目を向ける。薄明かりの部屋の中でもわずかな光を反射し、輝きを放っている。厚彦さんから送りつけられたものとは違う、サイズがぴったりでデザインも私が気に入った素敵な指輪だ。

『それに君となら結婚しても、彼女との仲を続けられる』

結婚を前提として厚彦さんと会い、堂々と他の女性と関係を持ち続けることを宣言されたときは、さすがに結婚話をこちらから撤回しようかと思った。なら、どうしてその女性と結婚しないのかと尋ねそうになるのをすんでのところでやめた。私だって自分の利益のために愛のない結婚をしようとしている。

逆に考えよう。厚彦さんをどう頑張っても好きになれないし、愛し合う夫婦になれるわけがないのなら、彼には外で別の女性で満たしてきてもらったらいい。

この結婚は便宜上のもので、厚彦さんはルームシェアの相手……だとしても難しいけれど、私の中ではそうやって折り合いをつけて納得させるしかなかった。

雅孝は、どうなんだろう？

厚彦さんを思い出しながら、雅孝に考えが移る。雅孝にも過去に彼女はいた。最初から結婚を前提としない割り切った付き合い。あの頃の私にはそんな関係が信じられなくて、雅孝とはますます住む世界が違うと思った。

ガチャリとドアが静かに開く音がして、現実に引き戻される。反射的に少しだけ背中を浮かせて確認すると、珍しくパジャマに着替えて、寝支度を整えた雅孝の姿があった。

「起こしたか？」

雅孝が申し訳なさそうな顔をしたので慌てて首を横に振る。

「ううん」

彼がこちらに寄ってくるので、隣に移動しスペースを空けた。妙に緊張してしまうのは、厚彦さんとの件を思い出したからだ。

雅孝がベッドに入った瞬間、思わず彼から逃げるように背を向けて横になる。あからさまだったかと後悔したが、あとの祭りだ。

見えない分、すぐうしろに雅孝の気配を感じる。彼は今、なにを考えているのか。いつもならここで多少のスキンシップがあるはずだが、私の態度に違和感を覚えたかもしれない。

「わかな」

名前を呼ばれ、反応する前に背後から抱きしめられた。もうすっかり慣れた温もりをおとなしく受け入れる。

「少しはここでの生活に慣れたか?」

結婚指輪を用意したからか、入籍して二週間経ったからか、改めて尋ねられ、小さく頷く。

「うん。雅孝と結婚するなんて夢にも思っていなかったけれど、現実なんだよね。

……ありがとう。私、毎日幸せだよ」

雅孝には感謝してもしきれない。あのまま厚彦さんと結婚していたら、きっと入籍前とは比べものにならないほど、つらい思いをたくさんしていた。こんな温もりも知らずにいただろう。

前に回されている雅孝の腕にそっと自分の手を添える。すると耳に音を立て口づけられ、反射的に肩をすくめた。

「やっ」

つい声が漏れ、振り返って雅孝を睨む。またからかい交じりの表情を浮かべているのだろうと思ったら、予想に反していつになく真剣な面持ちの彼がこちらをじっと見つめていた。

その表情に息を呑み、金縛りにあったように動けない。おもむろに顔を近づけられ、訴えかけてくる眼差しに、ぎこちなく目だけで応えた。唇が重ねられ、私は雅孝からのキスを受け入れる。

「わかなが欲しいんだ」

唇が離れるや否や呟かれた言葉に、心臓が跳ね上がる。私の答えを待たずに、雅孝は私の肩に手をかけて自分の方を向かせ、キスを再開させた。

今までの比ではないくらい強引で、性急な口づけに頭も体もついていかない。上唇を軽く舐め取られ、驚きで引き結んでいた唇の力をつい緩めると、その間から舌を差し込まれる。

あっという間にキスは深いものになり、口内を蹂躙されていった。

「ふっ……ん」

舌を絡め取られ、意図せず鼻に抜けるような甘ったるい声が漏れた。私の羞恥心は煽られる一方で、不快感はないけれど、正しい応え方もわからない。

嫌というほどの経験の差を見せつけられる。ねっとりとした舌の感触がリアルで息をするタイミングが摑めない。無意識に雅孝に手を伸ばすと、彼が私の手を取り、指を絡めて握り直してくれた。その優しさに目の奥が熱くなる。頭がぼうっとして力が抜けていく。

キスを終わらせたのはもちろん雅孝の方で、肩で息をしながら私は彼を見つめた。

雅孝はふっと微笑むと、私の額に口づけを落とし耳元で甘く囁く。

「わかなのいいところを、俺にも教えてほしいんだ」

雅孝の言葉に目を見開き、すぐさま口を開こうとした。けれど首筋に舌を這わされ、そちらに意識を持っていかれる。

「あっ……や、だ……」

背中がゾクゾクと震え、鳥肌が立つ。抵抗したいのに、雅孝の力は思った以上に強くてびくともしない。

どうしよう。こうなるのを望んでいなかったわけじゃない。けれど彼に伝えそびれていたことがあった。

雅孝は勘違いをしている。さっきの彼の言葉――。

『俺に〝も〟教えてほしいんだ』

誰も知らない、私自身さえ。

まさか私に経験がないとは、雅孝も思ってもいないんだ。

実感して胸が締めつけられる。情けないが私は男性経験はおろか、まともな恋愛さえしたことがない。

高校生のときに母が倒れ、大学生の頃は中学生になった妹の保護者代わりと自分の勉強で、とてもではないが恋愛など考えられなかった。

周りが別れた、くっついたと盛り上がる中、色恋沙汰に縁のない自分を不幸だとは思わなかったし、困りもしなかった。逆に学業に専念して努力したおかげで、それなりに大きな会社に就職できた。そして社会人になってしばらくは仕事を覚えるのに必死だった。

けれど仕事にも慣れて余裕が出てきた頃、結婚する同級生もちらほら現れ、ようやく恋愛経験がまったくないのもどうかと思い始めた。

友達に紹介された人と会ってみたり、男性とふたりで会う機会を作ってみるが、結局どれもうまくいかない。原因のひとつは私の身持ちの堅さもあった。

わりと派手な顔立ちをしているからか、年齢のせいなのか、相手は私に経験がないとはまったく思わず、初めて会った日にホテルに誘われることさえあった。当然、断ると途端に嫌そうな顔をされる。

『めんどくさ』

『もっと割り切ってる賢い女かと思った』

投げつけられた言葉に、それなりに傷ついたし悩んだ。

もっとおっとりして従順そうな雰囲気の女性なら違っていたかもしれない。あいにく私は可愛げもないし、男性に対しても遠慮なく意見もしてしまう。とてもではないが、大事にしたいと思えるタイプじゃない。だからか、私の思いとは裏腹に幾度となく軽く見られてきた。

雅孝にとってもそうなんだ。

勝手ではあるけれど、傷ついている自分がいる。

愛し合って結婚したわけではなくても、雅孝は夫婦だからって割り切れるのかな。

それに応えられるくらいには、私も経験があるんだろうって。

けっして嫌ではないのに、雅孝と体を重ねることに対しての温度差がありすぎて苦しい。

正直に経験がないって伝える？　でも面倒だって顔をされたら？　失望されたら？

雅孝の手が私の肌を滑り、気づけばパジャマの上のボタンがはずされて彼の前に肌を晒していた。この状況だけで、逃げ出したくなるほど恥ずかしい。

雅孝は、私が未知への不安や羞恥心に葛藤しているとは露ほども思っていないだろうな。

『俺と付き合わないか？』

あのとき一夜だけの関係でも、アメリカに行くまでの暇つぶしでも、〝うん〟と言っていたらよかったの？

厚彦さんと結婚が決まったときに何度も思った。割り切った関係でも、雅孝に身を委ねたらよかったのかもしれない。ずっと想いを寄せていた相手なのに。

逆だ。だからこそできなかった。雅孝が好きだから。

不器用な私は、そんな関係になったら、ますます彼をあきらめられなくなるんじゃないかって怖かった。

それが今、返ってきただけだ。

『じいさんに言われなかったら、俺はわかなと結婚していなかった』

目をぎゅっと閉じると私に触れていた雅孝の手が、ふと止まった。

うっすらと目を開けたが、じっと私を見下ろしている彼の表情は、視界が滲んでいるせいでよく見えない。喉の奥がキュッと締まって声を出すどころか呼吸さえままならなくて、私はひたすら瞬きを繰り返す。

雅孝は私の目元に指先をそっと滑らせた。

「そんな顔、するなよ」

苦しげに告げる雅孝の声も、表情も、つらそうで……。その原因は間違いなく私だと思うと、雅孝が放った言葉は私がかけるべきセリフだ。

無遠慮に触れていた彼の手が、急にぎこちないものになる。私の頭に触れるのでさえ。

「悪かった。わかなの気持ちを無視して」

首を横に振る。無視されていない。雅孝に触れられるのは嫌じゃない。

それを口に出せずにいたら、雅孝は私から離れ静かにベッドから抜け出して、そのまま寝室をあとにした。

ひとり残された私は、ひどい自己嫌悪に襲われ、言い知れぬ後悔に包まれる。雅孝が謝る必要はひとつもない。むしろ彼の希望に応えられなかった私が問題なんだ。

厚彦さんじゃなくて雅孝と結婚してよかったと思ったけれど、もしかしたら完全に自分の気持ちを押し殺して割り切れる相手の方がよかったのかな。少なくとも雅孝にあんな顔をさせずには済んだ。

なんでうまくいかないんだろう？　昔からずっと大好きで……誰よりも幸せになってほしい相手なのに。

結局そのあと、雅孝はベッドに戻ってこなかった。

第四章　新婚夫婦の遅すぎた告白

雅孝とは、言い知れないぎこちなさが拭えないまま、気づけばパーティー当日を迎えてしまった。毎晩、恒例だった触れ合いもなくなってしまい、胸が苦しい。

どうやったら前みたいに戻れるのかを考えつつ今はパーティーで彼の伴侶としての役割を果たすのが最優先だ。

パーティー自体は夕方からだが、その前に雅孝のご両親に挨拶する段取りになったため、私は朝から美容院に向かい慌ただしく支度する。

ご両親への挨拶も本当はもっと早くに行いたかったのだが、入籍したときにふたりはそろって海外に出張していたので、その帰国を待って今日になった。

おじいさまが話を通してくださっていたのもあり、先に電話で挨拶をしたが、まったく知らない間柄でもないので、驚かれはしたが反対はされなかった。

むしろ雅孝の母親にはすごく喜ばれ、母にも会いたいと言われたくらいだ。電話での反応が反応だっただけに、今日の挨拶はそこまで緊張せずに終えられると思う。問題はやはり、そのあとのパーティーだ。しかも今日は会場となっているホテルでそのまま一泊する予定なので、違う意味でも気を張っていた。

部屋にある姿見の前で、何度も自分の立ち姿を確認する。

全体に刺繍レースが施されていて、華やかな印象も与えるネイビーのフィッシュテールドレスを選んだ。上品さを意識して、アクセサリーと靴はベージュでそろえ、バランスを取る。

前の職場でも社長に同行し、いくつかのパーティーに出席した経験はある。けれど今日は、雅孝の妻として参加するのだから中途半端な格好はできない。

数日前、いちいちコーディネートについて確認する私に、雅孝は意地悪そうに微笑んだ。

『なに？　俺の好みに合わせてくれるのか？』

真面目に尋ねていた私はつい唇を尖らせる。そういう話じゃないと言い返そうとして、すぐに思い直した。

まったく間違っているわけでもない。私はあくまでも雅孝の添え物だ。

『希望があるなら……』

一応、聞いておいてもいいかもしれない。そもそも雅孝はどんな服が好みなんだろう？　格好だけではなく、たとえば髪型とか、異性のタイプとか。

想像して、私はいつの間にか彼の返答を緊張して待つはめになった。実は、私とは正反対かもしれない。

そう言われるのも覚悟する。すると雅孝は私の頭に手を置いた。

『わかなが気に入った服でかまわない』

『い、言ってくれたら合わせるよ』

あっさり返され、今度は私から申し出る。気がつけば立場が逆転していた。

雅孝には、私にあれこれ指示をする権利がある。しかし雅孝は、軽くかぶりを振った。

『必要ない。俺の好みはいつだって自分の奥さんだから』

さらりと告げられ、目をぱちくりとさせる。これは額面通り受け取ってもいいの？　それともまた、からかわれた？

いくつもの疑問が浮かび、とっさになにも返せない。雅孝は自身の腕時計を見て、部屋を出ていこうとする。

『どんなドレスを選ぶのか、楽しみにしている』

去り際にそう言い残し、雅孝は部屋をあとにした。なんだかハードルが上がっただけのような気もするが、一応私の選ぶものを信用してくれているんだ。

なら、そんな彼にきちんと応えられるようにしないと。

左手の薬指には結婚指輪と婚約指輪を重ね付けした。同じブランドでそろえたのもあって、それぞれの指輪のよさを引き出し合い、輝きも倍以上だ。これに相応しい彼の妻でありたいな。

支度を終え、リビングに向かう。先に準備を終えた雅孝はソファで書類の束をめくっていた。

光沢のあるブラックスーツにシルバーのネクタイを組み合わせ、スリーピースできっちりフォーマル感を出している。髪もワックスでしっかりと整えてあり、真剣な顔で資料に目を通す横顔は、なんだか知らない人みたいだ。こうして見るとやっぱり貫禄が違う。

見つめていると不意にこちらを向いた雅孝と目が合う。

「準備できたか？」

彼の表情は途端にいつもの柔らかいものになる。

「うん。お待たせ」

私は急いで彼の元に近づいた。すると立ち上がった雅孝に、正面からまじまじと視線を注がれる。

「これでいい？」

うかがうように尋ねたら、雅孝はにこりと微笑んだ。

「よく似合っている。着物も似合っていたけど、ドレスもいいな」

「合格なら、よかった」

しみじみ呟かれ、つい照れ隠しに可愛げのない返事をしてしまう。雅孝はこうやって臆面なく人を褒められる人間だ。そういうところは上に立つ者として資質があると思う。

続けて雅孝は、おもむろに私の左手を取った。

「どちらの指輪もはめてくれているんだな」

満足そうに呟かれ、私は小さく頷く。

「うん。せっかくだからつけさせてもらうね」

「いつもこれでいいんだけどな」

そこは曖昧に笑って誤魔化す。雅孝は私の指先を握り、そっと離した。彼の左手の薬指にも同じ指輪がはめられていて、少しだけ嬉しくなる。

そろそろいい時間となり、雅孝の運転する車でまずは彼の実家に向かう。

「本当に、手土産とかなくていいの？」

「何度も言っているだろ、いらないって。むしろ向こうからいろいろ持たされる」

運転する雅孝に、この期に及んでもまた同じ質問をしたが相変わらずすげなく返される。一応、ご実家に挨拶に行く身としては、手ぶらなのもどうかと思ってしまう。しかし雅孝は頑なに必要ないと言うので、結局根負けしてしまった。

「そんなに心配しなくていい。母さんなんて挨拶というより、わかなが久しぶりに遊びに来てくれるって感覚で楽しみにしているんだ。妙にかしこまったら逆に悲しむぞ」

「遊びにって……子どもじゃないんだから」

そういう意味で彼の実家を訪れるのなら、もう二十年ぶりになるかもしれない。そんな気軽に行き来できる間柄じゃないと、成長するにつれて知っていったから。

「そうだな、今日は俺の妻として行くわけだ」

信号待ちで車が止まり、雅孝がこちらを向いた。

「わかなは俺の隣で幸せそうにしていたらいい。なにがあっても俺が守るから」

「うん」

雅孝を信じよう。なにより不安そうな顔をしていたら、雅孝だっていい気はしないはずだ。妻の態度は夫の沽券にも関わる。

気を引き締め直していると、そっと右手を取られた。

「なにより、わかなは笑っている顔が一番可愛いんだ」

そう言ったときの彼はすでに前を向いていたが、私は反射的に窓の外に視線を向けた。窓ガラスにかすかに映っている自分の顔は間違いなく赤くなっている。

お世辞や冗談ならいざ知らず、真面目に可愛いなど言われた経験はほぼない。どちらかといえば可愛げがないと思われるタイプだと自覚しているくらいだ。そんな私に、雅孝はよく「可愛い」と言ってくれる。嬉しくないと言ったら嘘だ。

「ありがとう」

小さく呟いたら頭にそっと手を乗せられる。おかげで先ほどまで感じていた不安は全部吹き飛んでしまった。


心配していたご両親への挨拶はあっという間に終わった。元々忙しい人たちなので、あまり時間を取っていなかったのもあるが、どちらかといえば思い出話に花が咲いて盛り上がった。

雅孝の予言通り、あれもこれもとお土産もたくさん渡されたのだが、このあとパーティーに出席する予定なのもあり、雅孝が面倒くさそうに断る。だったらまとめて宅配便でマンションまで送るわね、と雅孝のお母さんが続けるので、思わず噴き出しそうになった。

なんとなく、雅孝のお母さんがうちの母親と重なって見えた。やっぱりいくつになっても母親という存在は子どもを気にかけ心配するものなのかもしれない。

雅孝のお父さんには、今日のパーティーに出席するのを労われる。

「これからなにかと夫婦で仕事関係の催しに顔を出してもらう機会が多くなるかもしれないな」

「わかなちゃん、我慢はだめよ。嫌なときは、はっきり言いなさい。もしくはそのあと、夫にとっておきのご褒美を用意してもらえるように交渉するとか」

さすがに経験者は言うことが違う。間髪をいれない雅孝のお母さんからの的確なアドバイスを受け、対照的に雅孝のお父さんはなんとも言えない顔をしている。ご両親の仲の良さが伝わり、笑みがこぼれた。

忙しいご両親は、このあと用事があるらしく私たちはふたりになった。パーティー会場に向かうには、まだ時間に余裕がある。

「素敵なご両親ね」

「母さんいわく、灰谷家の嫁は夫よりしたたかでいないとならないらしい」

それは肝に銘じておこう。

雅孝のお母さんは旧華族につながる由緒ある家柄の出身で、ご実家も大きな会社をしているらしい。やはり灰谷家に嫁ぐのはそういった家筋の人なのが自然だ。

幸い、私たちの結婚にご両親は反対もしなかったし不満も言わなかった。ただ、それはおじいさまが先に話を通してくれていたからなのが、おそらく大きい。

「どうする？」

「え？」

思考を巡らせているところに声をかけられ、我に返る。

「まだ時間はあるし、中庭でも見ていくか？」

「いいの？　懐かしい」

思わず声を弾ませて答えた。それこそ幼い頃は、雅孝とよく遊んだ場所だ。綺麗に手入れされていて、うちにはない花がたくさん咲いていた。

今の時期だとなにが咲いているだろう。

「雅孝」

中庭に行くため玄関に向かっていると背後から呼び止められ、私と雅孝は振り向いた。

雅孝の兄、宏昌さんだ。今日はその隣に女性がいる。目がぱっちりとしていて、おっとりとした雰囲気の彼女は、宏昌さんより年下なのがうかがえた。艶のある髪は丁寧に編み込まれている。

「お、今日は千鶴と一緒か。よかったな、ようやく会ってもらえたのか」

「誤解を招く言い方はやめろ」

茶化す雅孝に宏昌さんは律儀に返す。この兄弟の仲はいつもこんな感じだ。

そして〝千鶴〟という名前で思い出す。たしか雅孝が宏昌さんに婚姻届を用意するように電話したときに、その名を口にしていた。

彼女は雅孝にいそいそと切り出す。

「雅孝さん、お久しぶりです。あの、宏昌さんから雅孝さんがご結婚されて、今日奥さまを連れてご実家にいらっしゃると聞いたので……」

今度は彼女の視線が私に向けられた。

「初めまして、小野《おの》千鶴と言います。このたびはご結婚おめでとうございます」

可愛らしい笑顔を向けられ、私もつられて微笑む。

「ありがとう。わかなです」

「彼女は兄貴の婚約者なんだ」

さらに年齢は私たちより三歳年下だと、千鶴ちゃんについて雅孝が補足する。婚約者と言われて彼女の頬が朱に染まり、初々しい感じが微笑ましい。

「宏昌さんと千鶴ちゃんは、どういったご縁で？」

聞いてもいいものかとためらいがちに尋ねたら、宏昌さんが千鶴ちゃんの肩を抱いた。

「帰国子女だった彼女の国語の家庭教師をしていた縁で」

「私から告白したんです」

消え入りそうな声で千鶴ちゃんが言い添える。

正直、恋愛を経て結婚をするふたりに私は驚きが隠せずにいた。GrayJT Inc. の正当な後継者である宏昌さんなら、結婚相手はおじいさまが決めると思っていたから。

けれど彼女は宏昌さんの正式な婚約者として付き合い、こうして実家にも足を運んでいる。もしかすると、おじいさまはそこまで孫たちの結婚に口を出さないの？

私と雅孝の結婚も、実はあまりおじいさまの意思は関係していない？

結論づけ、温かい気持ちで私はふたりに笑顔を向けた。

「素敵ですね、羨ましいです。私、てっきり」

「わかな」

おじいさまが、と続けようとして、どういうわけか雅孝が口を挟んだ。

「積もる話はまた今度改めてにしよう」

「うん」

雅孝の言い分はもっともだと思うが、それにしても妙なタイミングで止められた気がする。

「わかなさんと雅孝さんは、どういう経緯でご結婚されたんですか？」

そのとき、お返しと言わんばかりに千鶴ちゃんが尋ねてきた。

「わかなとは幼馴染みで、俺がずっと想い続けてようやく報われたんだ」

茶目っ気交じりに雅孝が答える。正確には違うけれど本当の事情も話せないので否定も肯定もできない。

「そんなに想い続けていらしたんですか？」

千鶴ちゃんは、雅孝の言い分を純粋に信じて目をきらきらさせている。続けて、その目がこちらに向いた。

「わかなさん、幼い頃から長い間、一途に想い続けてもらえるなんて幸せですね」

たしかに、それが事実ならどんなに幸せだろう。でも、現実は——。

「そうね」

複雑な想いは顔には出さず、微笑んだ。

「俺は雅孝が突然、婚姻届を用意しろって連絡してきてわかなを連れて来たとき、ついに脅しか誘拐でもしてきたのかと思ったよ」

「兄貴は俺をどんな人間だと認識してんだ」

宏昌さんに雅孝が切り返す。そこまでして結婚相手を見つけてきたと思われているのか。なんだか脱力して肩を落とす。その際に千鶴ちゃんと目が合い、私たちは顔を見合わせて笑った。

また別の機会に宏昌さんと千鶴ちゃんと会う約束をし、私と雅孝は実家をあとにしてパーティーに向かう。数時間の滞在だったが、ご両親はもちろん宏昌さんと千鶴ちゃんにも会えて嬉しかった。

恋愛結婚か……。

「兄貴と千鶴についてなんだが」

一瞬、心を読まれたのかと疑った。もしくは私がつい口に出していたのか。

「な、なに?」

身構えて雅孝を見るが、彼はなかなか続きを切り出さない。珍しく言い渋っているのが伝わってきて、私は真面目に聞く姿勢を取った。

「どうしたの？」

「実はあのふたり、じいさんが兄貴に千鶴と結婚するように指示したのがきっかけなんだ」

「え？」

唐突に語られた内容は、予想通りなのか裏切られたのか、訳がわからない。改まって雅孝がこうして私に告げてきた理由も。

「ただ、さっき話していたように、千鶴はじいさんの指示があった件は知らない。兄貴も言うつもりはないらしいんだ」

「そんな……」

先ほど、あのタイミングで雅孝が話を遮った理由を今理解した。

ショックを受けているのはなににについてなのか。

やはり彼ら兄弟の結婚相手には、おじいさまの指示が絶対だという現実を目の当たりにして？　事実を知らされていない千鶴ちゃんの立場を想像して？　わからない。

「宏昌さんは……おじいさまに言われたから千鶴ちゃんと結婚するの？」

「そう見えるか？」

おそるおそる尋ねたが、答えではなく逆に聞き返される。お互いを想い合って幸せそうなふたりを思い出し、できれば違うと願いながら静かに首を横に振った。

「兄貴はすっかり千鶴に本気なんだ。だからじいさんがきっかけなのは、伏せていたいらしい。俺は事実を話すように一応忠告したけれど、言わないと決めたのは兄貴だ」

宏昌さんの言い分もわからなくはない。どちらにしてもこれは宏昌さんと千鶴ちゃんの問題で、外野が口を出すべきではないんだ。でも、いくら事情を知っている人間に口止めをしても、ずっと知られずにいられる保証なんてどこにもない。

「もしも千鶴ちゃんが知ったら……」

きっと彼女は傷つく。それどころか、宏昌さんとの信頼関係だって崩れるかもしれない。

「そうだな。事実を知って、千鶴が兄貴と別れたいって言い出したら全力で応援してやろう」

どこまで本気なのか。雅孝の言い分に私は思わず真面目に返す。

「そこは宏昌さんのフォローをするんじゃないの？」

「兄貴は自業自得だろ」

ところが雅孝はバッサリ切り捨てる。しかし本心ではないのはすぐにわかった。本当にそんな日が来たら、なんだかんだで雅孝は宏昌さんのために動くのだろう。

「好きだから、言えない場合もあるよね」

ぽつりと呟き、意を決する。

「雅孝は……どうなの？」

「俺？」

突然話を振られたからか、雅孝は意外そうな顔になる。

「雅孝だっておじいさまの決めた相手がいたんじゃないの？」

波打つ心臓が痛むのを隠して、なんでもないように続けた。

この流れで聞いてもおかしくはない、はずだ。なにかしらこの結婚におじいさまの意思が絡んでいるのは間違いないのなら、それはどんなもので……。

「いない」

短く答えて、彼は前を向いたまま力強く続ける。

「いたとしても関係ない。わかなが俺の妻なのは、揺るぎない事実なんだ」

その回答に胸が熱くなる。私に気を使ったのだとしてもどんな事情で結婚したにせよ、彼の妻は他でもない私なんだ。だったら妻として精いっぱいできることをしよう。

会場となるホテルに到着し、先にチェックインをして荷物を預ける。このまま会場に向かおうとしたら、雅孝がさりげなく腰に腕を回してきた。反射的に体がびくりと震え、すぐそばで困惑気味に微笑む彼と目が合う。

「今日は付き合わせて悪いな」

申し訳なさそうに言われ、私はあえて笑顔を作る。

「大丈夫。私も楽しむつもりでいるから」

ここで怖じ気づく可愛らしさはないが、雅孝が引け目を感じる必要もない。雅孝は目を丸くしたあと、ニヤリと口角を上げた。

「さすがだな。よろしく頼むよ、奥さん」

妻として、私ができることは、なんでもしたい。借金の件があるからだけじゃない。雅孝だからそう思う。

だからこそ、ただひとつ……妻としてできていない事案について、彼とは改めて話し合う必要がある。

けれどそれらについては、少なくともパーティーが終わってからだ。

ホテルの一番広いホールが会場となり、フロアごと今日のために貸し切られていた。数社が最新の事業について報告をする流れになっていたので、前方には大きなスクリーンが用意されている。それらの資料は事前にデータとして送られていたので私も念のため、確認しておいた。

同じ業界なのでお互いに顔見知りが多く、あちこちで話が盛り上がり和やかな雰囲気に包まれている。企業同士ライバルな側面もあるが、共に情報サービス業界を盛り上げていこうとする同志でもある。社長秘書時代にこういった催しに参加した経験があるので、私にも幾人か知っている顔があった。ただ相手は社長クラスばかりなので、向こうが私を覚えてはいないだろう。

対する雅孝は、GrayJT Inc. を取り仕切る灰谷家の人間として、その若さで顔も名前も業界では知れ渡っている。雅孝のお父さんやおじいさまとのつながりもあるのだろう。

先方から声をかけられるパターンがほとんどで、改めて彼の置かれている立場のすごさを実感する。さらにそんな企業の重鎮たち相手でも臆することなく、豊富な知識と話題で軽やかに会話をする雅孝は、やはり経験してきたものが違うのだと改めて感じた。

とくに今回は、結婚して私という伴侶を連れているのと、新たに会社を立ち上げる件についていくつもの真新しい話題があったため、彼に話しかけてくる人はあとを絶たない。私も雅孝の隣で、大勢の人の相手をしていく。

だいたい出会いはどこで？　と聞かれるのが定番だが、こういうとき幼馴染みの間柄なのは便利だ。それだけで納得する人が多い。

「そうそう。あのウェブサイトに掲載されていた業界分析のレポート、的確にまとまっていてすごくよかったよ。今後の開発事業の参考にさせてもらいたいくらいだ」

情報処理サービス業をメインとして行っている株式会社ネクタリイの佐竹《さたけ》社長が、話題を振ってきた。彼はヴィンター・システムの冬木社長とも懇意にしていて、私も直接ではないが何度かやりとりしたことがある。

眼鏡をかけ穏やかな印象を与える彼は、親子どころか祖父と孫ほど年の離れている雅孝にも丁寧な態度だ。

「ありがとうございます。でもあれは妻がまとめたものなんです」

雅孝の返答に、佐竹社長だけではなく私も目を丸くする。一瞬なんのことだろうかと思ったが、雅孝に頼まれてまとめるのを手伝っていたデータを指しているのだろうと予想する。

「奥さまが？　これは驚いた！」

しかし佐竹社長の視線がこちらに向けられ、私は平然を装った。

「彼女は同じ業界の会社に勤務していたので事情にも詳しいんです」

私の代わりに雅孝が説明していき、佐竹社長は感心する面持ちになった。

「それはまた、優秀な奥さまですね。雅孝くんも鼻が高いでしょう」

「ええ、自慢の妻ですよ。彼女と結婚できて幸せです」

まったく謙遜しない雅孝にハラハラしたのは私だけで、佐竹社長は満足そうに笑った。

「いい顔をしているね。改めて結婚おめでとう。こんな素敵な奥さまがついているなら会社もきっとうまくいくだろう」

「ありがとうございます」

佐竹社長を見送り、こっそり雅孝に話しかける。

「さっき言ってたレポートって……」

「そう。わかなに手伝ってもらったものを使ったんだ。もちろん一番欲しかった肝心のデータは公表せずにこちらで握っている」

ウインクひとつ投げかけられ、そういうところはさすがだと思った。ところが雅孝は急に笑顔を潜める。

「勝手に使って悪かった。でもよくできていたし、わかなの優秀さをわかってもらうのに手っ取り早いと思って」

どうやら、さっきみたいに話題になるのを見越して私の作ったデータを使用したらしい。本当に、雅孝には驚かされてばかりだ。

「あれは雅孝のために手伝ったんだから、雅孝が好きにしたらいいよ。……役に立てたのならよかった」

彼の妻としてそれなりに箔付けできたのなら、それでいい。

各社のプレゼンテーションを終え、パーティーは順調に盛り上がり見せていた。雅孝へ話しかける人の流れが少し途絶えたところで、一度化粧室に向かおうと席を立つ。会場の外に出ると緊張の糸がほどけ、どっと疲れが押し寄せて目眩を起こしそうになった。しかしすぐに気を引き締め直し背筋を伸ばす。

雅孝の隣で代わる代わる業界の代表たちと挨拶を交わす一方で、その間私はある人物を探していた。株式会社ヴィンター・システムの冬木社長だ。おそらく彼も参加しているに違いないが、会場も広く出席者も多いので見つけられていない。お世話になった恩もあるし無礼も働いてしまったので、できれば彼には直接会って話をしたいと思っていた。

「あれ？」

声を聞いた瞬間、背中に嫌なものが、ぞくりと走った。気のせいだと願いながら、おそるおそる声のした方に振り向く。

「厚彦さん……」

絶望交じりに呟く。そこには久しぶりに会った冬木厚彦さんの姿があった。彼はピンクのドレスを着た女性を連れていて、下卑た笑みを浮かべながらこちらに近づいてくる。

「まったく、父の代わりに出席したんだが、こんなところで会うなんて。恩を仇で返すうえに図々しいってどこまでも失礼な女だね、君は」

「このたびは、申し訳ありませんでした」

唇を引き結び、私は静かに頭を下げた。

彼になにを言われてもしょうがないほどの仕打ちをした自覚はある。それ以前に、彼の私に対する言動はひどいものではあったけれど。

「謝るなよ。むしろこっちは、せいせいしているくらいさ。父に言われなかったら君みたいなお堅くて面白みもない女、こっちから願い下げだったから」

「ちょっと厚彦さん、言いすぎじゃない？」

隣にいる女性も小馬鹿にしたように笑い出す。たしかに彼女は、私と正反対だ。露出多めのドレスと派手なメイク。振舞いはどこか幼い感じがするが、男性の庇護欲を搔き立てるタイプなのかもしれない。彼女が厚彦さんの付き合っていた相手だろうか。

厚彦さんは鼻で笑い、意気揚々と続ける。

「別の男と結婚したんだって？　借金作って死ぬような父親と病気持ちの母親の娘なんて、その男はよっぽどの馬鹿か物好きなんだな」

「なにそれ、悪趣味すぎるでしょ」

女性が声をあげて笑い、私はうつむいて、ぎゅっと握りこぶしを作った。さすがに両親まで持ち出され、平静でいられない。でもこの場では言い返せない。

「どこの誰だかぜひ会ってみたいよ、見る目のない君の夫に」

「私がなにか？」

そこで第三者の声が割って入り、目を見開く。驚いたのは私だけではなく厚彦さんも彼の隣にいるその彼女もだった。

笑みをたたえつつ、どこか冷たい空気を纏った雅孝が大股で私の隣にやってくる。続けて彼は、私を守るように肩に腕を回して自分の方へ抱き寄せた。

「初めまして、彼女の夫の灰谷雅孝です。冬木社長とはいろいろやりとりさせていただいて、お世話になっています」

雅孝の名前に先に反応したのは、厚彦さんの隣にいる女性の方だった。

「灰谷ってあの GrayJT Inc. の……」

そこで彼女は厚彦さんから突然離れ、こちらに一歩近づいた。どういうわけか今度は雅孝に擦り寄るような眼差しを向ける。

「あの、KWW 株式会社の代表取締役、北村《きたむら》の娘です。父が一度、GrayJT Inc. の方とお話をしたいと」

途中まで言いかけた彼女は、雅孝が向けた冷たい視線に耐えられなくなったのか、その先を言いよどんだ。一度唇を引き結び、続けてきっぱりと言い放つ。

「言っておきますけど私、この人とは無関係なので」

「あ、おい」

言い捨ててその場を去っていく彼女を厚彦さんが呼び止めたが、彼女は振り向きもせず、厚彦さんはその場に取り残された。雅孝は厚彦さんにさらに詰め寄る。

「改めて、妻への侮辱はやめてもらいましょうか。あなたはもうとっくに関係のない人間なんだ。彼女に用があるなら私を通してください」

「なんなんだ、偉そうに……」

怒りで肩を震わす厚彦さんに、反射的に身がすくむ。すると雅孝は、私の肩に回していた腕の力を強めた。

「雅孝くん」

ところがその場に声が割って入り、私たちの意識はそちらに向く。視線の先には佐竹社長がいて、彼はにこにこと柔らかい笑みを浮かべながらこちらに近づいてきた。会場の外とはいえ、人の出入りが激しいので、知り合いに見つかるのはしょうがないのかもしれない。

「あれ、君はたしか、冬木社長のとこの……」

佐竹社長が厚彦さんの存在を指摘した途端、彼は急に背筋を伸ばして姿勢を正した。

「息子の厚彦です。今日は父の代理で出席しました。佐竹社長、いつもお世話になっています」

どうやら佐竹社長が冬木社長と親しくしているのは、厚彦さんも知っているらしい。

「ふたりは知り合いだったのかい？」

不思議な組み合わせだと思ったのか、佐竹社長は雅孝に尋ねてきた。

「いえ、初対面ですが妻が以前勤めていた会社の方だったので挨拶していたんです」

さらりと答える雅孝に、佐竹社長は納得したように頷く。

「そうか。奥さんはヴィンター・システムさんに勤めていらしたんだね。いやぁ、ヴィンター・システムさんとしては惜しい人材を手放しましたね。冬木社長、残念がっていたでしょ？」

最後は厚彦さんに向かって笑顔で問いかける。当然、佐竹社長以外はなんとも言えない表情になった。しかし佐竹社長は饒舌になる一方だ。

「ほら、話題になっているウェブサイトの業界特集のレポート。あれ、雅孝くんが発表したものだけれど、わかなさんの力添えも大きかったらしくてね。ヴィンター・システムさんにも話がいったでしょ？　対応者がいないからって断ったらしいが、そういったチャンスをこれからはしっかりものにしていかないと」

「あの企画……」

指摘され、厚彦さんは呆然としている。なにか心当たりがあるらしい。冬木社長から話はあったのだろうか。

厚彦さんにかまわず佐竹社長はさらに捲し立てていく。

「厚彦くんも雅孝くんを見習って、わかなさんみたいなよき伴侶を見つけなさい。冬木社長も心配していたよ」

厚彦さんは項垂れてなにも答えず、そこから佐竹社長は雅孝に話しかけ、また業界の話で盛り上がり出した。

さりげなく雅孝に促され、再び会場に足を運び、その場から離れる。

パーティーが終わるまで余計な考えは振り払い、雅孝の隣で笑顔を作って談笑を繰り返す。それでも心の中には、黒くて重い暗雲がずっと立ち込めていた。

パーティーが終わり、私はホテルの部屋へひとりで向かう。雅孝は何人かの関係者から誘いを受け、改めて別のフロアにあるバーで飲み直しに行った。

カードキーで部屋のドアを開けると自動で明かりがつく。ビジネスホテルが当たり前の私にとっては、贅沢にスペースを使った造りに驚くしかない。絨毯にヒールの音は消され、広々としたリビングが目に入る。どうやら寝室は別にあるらしい。

そっと窓際に近づくと、最寄駅を始めとする密集した建物の明かりが夜の暗闇に映え、どこか別の世界のようだ。

雅孝にとってはこの光景が、ホテルといえばこういった部屋が、普通なんだろうな。

ベッドはツインになっていて無意識に胸を撫で下ろす。

きっと雅孝は遅くなるだろうから先にシャワーを浴びて寝てしまおう。ドレスを脱ぐと解放感に身が軽くなる。バスルームも部屋のグレードに違わず立派なものだった。ジェットバス付きの広々としたバスタブにお湯を張る。備えつけの入浴剤を入れると、お湯はとろみのある乳白色になり、いい香りに包まれた。少しだけ心が弾み、化粧を落として髪や体を洗ってからゆっくりと湯船に体を沈める。お湯があふれ湯気が立ち上るのをぼんやりと見つめた。こんなふうにゆっくりとお風呂に入るのは実は久しぶりかもしれない。雅孝と暮らすマンションでは、やはりまだ気を使ってしまうし。

私は大きく息を吐いた。

まさかここで厚彦さんに会うとは思わなかったな。私への態度も相変わらずで、彼にとって私との結婚がなくなってもなんでもないのが、せめてもの救いだ。

けれど――

『よっぽどの馬鹿か物好きなんだな』

『見る目のない君の夫に』

私はなにを言われてもいい。でも、私のせいで雅孝や両親まで悪く言われるのが申し訳なくて苦しかった。

ひとりでちゃんと対処できていれば、雅孝に迷惑をかけなかったのに。

ぎゅっと目をつむり、自身を抱きしめる。口元までお湯に浸かったあと、そっとバスタブの内壁に背中を預けた。ぽたっと水滴がどこからか落ちる音が聞こえ、それからはひたすら静寂が続く。入浴剤の効果もあるのか、温かさと疲れで意識が微睡み出した。

『だからもう泣くな。泣くなよ、わかな』

ああ、また……なんでそんなことを言うの？　よく見てよ。

泣きそうなときは雅孝のこの言葉を思い出して堪えてきた。お父さんが亡くなったときも、泣き崩れる母や妹を支えないとならなかった。父が連帯保証人になっているのが発覚したときも、そのために厚彦さんと結婚する流れになり、彼になにを言われても必死に耐えた。

「泣いて……ない」

「わかな」

無意識に口を動かしたのと、耳に声が届いたのは、ほぼ同時だった。

目をぱちくりさせ現実を前にしたら、心配そうな顔をした雅孝がこちらを見ている。

「なっ！　えっ!?」

混乱する私をよそに、雅孝は濡れるのもかまわずバスタブに身を乗り出して、力強く私を抱きしめた。彼はジャケットを脱いでいるもののまだ着替えておらずシャツのままだ。

「大丈夫か？　体調は？」

いまいち事情が呑み込めないが、正直に答える。

「大、丈夫。ごめん、ウトウトしていて」

雅孝が言うには、部屋に戻ってきたが私の姿はなく、念のためドア越しにバスルームに呼びかけたが、そこでも反応がなかったので、不安になり断りを入れつつドアを開けたらしい。すると私が目を閉じてバスタブに浸かっていたので、慌てて声をかけて今に至るそうだ。

「部屋にいないし、バスルームも静かで気配を感じなかったから、最初はわかながひとりでどこかに行ったんじゃないかって」

さすがに、いくら私でもそこまで大胆な真似はできない。そもそもどこにひとりで行くのか。

「心配、かけてごめん」

額に滲む汗を手の甲で拭う。それなりに長湯していたみたいだ。意識すると頭がくらくらしている。

そこで今の状況に思い直す。お湯は濁っているけれど、あまりにも大胆な状況だ。今さらながら体を隠すように肩まで浸かる。

「もう出るからあっちで待っていて」

恥ずかしさもあり、早口で捲し立てた。ところが雅孝は打って変わって飄々とした顔になる。

「そこは、このまま一緒に入ろうってならないのか？」

「ならない！」

即座に返すと、雅孝は私の頬にそっと手を添えた。

「そうだな。顔も赤いし早く上がった方がいい」

触れられた箇所が熱く感じるのは、気のせいだ。彼が颯爽とバスルームを去ってから、私はのろのろと立ち上がってふかふかのバスタオルに手を伸ばす。

あそこまであからさまに拒否しなくてもよかったのかもしれない。冗談だとしても、心配して探してくれたのに。もっと素直に甘えられたら……。

ふらふらするので、やはりのぼせたらしい。髪を乾かしきれていないがバスローブに身を包み、さっさとリビングに向かう。

雅孝も疲れているだろうし、中途半端に濡れてしまったから彼も早くお湯に浸かった方がいい。

「ごめんね。雅孝もバスルーム使って」

ソファに座っている雅孝に声をかけると、彼の視線がこちらを向いた。ところが彼は席を立たずちょいちょいと手招きする。

「なに？」

尋ねると左手を摑まれ、雅孝の隣に腰を下ろす形になる。

「無理をするな。ほら、水」

手早くグラスに注がれたミネラルウォーターを手渡され、素直に受け取る。汗もかいたし、体が水分を欲していたのは事実だ。熱がこもっている体に冷たい水がよく染みる。

「ありがとう」

お礼を告げたら空になったグラスを取られ、肩を抱き寄せられる。雅孝に寄りかかる体勢になり、密着してもいいと許される気がした。

少しだけ沈黙が続き、私から口火を切る。

「思っていたより帰ってくるのが早かったね」

けっして非難しているわけではなく、場所を変えてお酒が入ったら、それなりに盛り上がると踏んでいたから純粋に驚いた。

「せっかくの新婚なのに、付き合わせた妻をここでひとりにさせるほど野暮じゃない」

雅孝は湿り気を帯びた私の髪に指を通しながら告げた。誰かになにか言われたのかと彼を横目に見つめると、私の視線の意味を感じたのか雅孝が苦笑した。

「俺がわかなと一緒に過ごしたかった……わかなをひとりにさせたくなかったんだ」

彼の言い分に目を見張る。なんとなく雅孝が私を心配する理由がわかった気がした。

「今日は……ごめんね」

「どうしてわかなが謝るんだよ？」

尋ね返してくる雅孝だが、きっと私が厚彦さんと会って、いろいろと気にしているのを悟っているに違いない。

「だって」

「わかなは俺よりずっと優秀なんだ。見た目も中身もまったく申し分のない素敵な妻だと思っている。だからなにも気にせず、堂々と俺のそばにいたらいい」

説明を続けようとした私を遮り、雅孝は言い聞かせるように続けた。そんなふうに彼に評価してもらえるのは嬉しいし、ありがたい。

だからこそ、雅孝にずっと言おうと思っていた件について切り出さなければと思った。

「あのね……」

そこで雅孝は改めて私の方に顔を向けた。対して私はついうつむき気味になって彼から視線を逸らしてしまう。

「私たち結婚したけれど、事情があってで……もしも雅孝が、その……割り切って付き合ったりする女性がいるなら、会ってもかまわないからね」

曖昧な言い方しかできなかったが、意味は伝わったはずだ。

おじいさまに結婚相手について口を出されるのを雅孝は幼い頃から理解していた。それを踏まえて、結婚とは切り離した関係で彼女だっていただろう。

「なんだよ、それ」

予想内なのか外なのか。雅孝からは怒気を含んだ声が返ってきて私は肩を震わせる。けれど、まともに夫婦関係を築けていない今の状態のままでいるわけにもいかない。

「そこまでして……俺に触られるのは嫌なのか?」

「嫌じゃない。そんなふうに思ったことない」

ため息交じりに雅孝から問いかけられ、すぐさま否定した。

その答えに、雅孝がわずかに動揺したのが伝わってくる。

「なら、なんなんだ」

だからなのか、聞いてくる彼の声はずいぶんと落ち着いたものになった。そこで私はおずおずと顔を上げる。

緊張で口の中が一瞬にして乾いたが、ここまできて言わないわけにはいかない。

「私、経験ないから。雅孝が望むようにはできないと思う」

極力さらりと告げたつもりだが、心臓は激しく音を立てていた。

「……は？」

どういう反応をされるのかと思っていたら、雅孝は信じられないといった面持ちで目を丸くしている。

「経験って？」

まさか聞き返されるとは思わず、逆に私の中で緊張の糸がぷつりと切れた。

「だから男の人と寝た経験がないの！　この年で、って思うかもしれないけれど、これぱかりはどうしようもないでしょ！」

なにを言われたわけでもないが、恥ずかしさもあって半ば自棄《やけ》になって返した。雅孝にとってはそれほどありえないことなのかもしれないが。

「でも、あの男と婚約までしていて？」

ああ、なるほど。そこを指摘されると、もっともだと思う。おかげで私はすぐに冷静さを取り戻した。

「厚彦さんは、私との結婚が決まっても他に付き合っていた女性がいたから」

結婚する相手とこんな歪《いびつ》な関係を築いているなんて、誰にも言えなかったし相談できなかった。なにより彼との婚約さえほとんど話していない。でも、すべて今さらだ。

まったく求められなかったわけじゃなかった。興味本位に手を出されそうになったが、なんだかんだで理由をつけて拒否する私に、彼も興ざめしたらしい。

『お堅くて面白みもない女、こっちから願い下げだったから』

その点についてはなにも反論できない。その通りだと自覚はある。

「結婚しても付き合っている彼女との関係は続けるって最初から言われていたの。でも、それでホッとしていた自分がいたのも事実で……。責められないし、しょうがないよ。私は結婚してもらった身で」

そこで我に返る。私と厚彦さんの関係について詳しい説明はどうでもいい。

「雅孝もそう。感謝しているの。だから」

慌てて話を戻そうとしたら、突然彼に思いっきり強く抱きしめられた。しばらく沈黙が続き、回された腕の力は痛いほどで表情は見えない。ただ、ひとつだけ伝わってくる。

「……怒ってる?」

「ああ」

低い声で短く返され、肩をすぼめる。

やはり他の女性のところにいってもかまわないというのは、失礼な話だったかもしれない。

雅孝のプライドを傷つけた？　それとも私に経験がないと知らせるのが遅すぎた？

思考がぐるぐると回り出し、胸が苦しくて息が詰まりそうだ。

ぎゅっと全身に力を入れていると、腕の力が緩み体が自由になる。とはいえまともに雅孝の顔が見られない。

すると前触れもなく彼の手が頬に添えられ、強引に上を向かされた。真剣な顔をした雅孝と目が合う。

「わかなは、そんなないがしろにされていい存在じゃないんだ」

思わぬ発言が彼から飛び出し、虚を衝かれる。強く言い切ると、雅孝はわずかに私との距離を縮めた。

「結婚した理由は関係ない。嫌なことは嫌って言ってかまわないんだ。無理をしたり、なにを言われても、されてもいいなんて思う必要はどこにもない」

まるで子どもに対するお説教みたい。誰に対して、なにを怒っているの？

けれど彼の言葉一つひとつに感情が揺すぶられて、心の奥に沈めていたなにかが込み上げてきそうになる。

雅孝はけっして私から視線を逸らさない。

「俺はあの男とは違う。ちゃんとわかなを大事にする。大事にしたいと思って結婚したんだ。……だから結婚してもらったとか、そんなこと言うな」

最後は額を合わせ、切なそうに訴えかけられた。一瞬で目の奥が熱くなり、涙腺が緩みそうになるのをぐっと堪える。

雅孝の言う通り、厚彦さんになにを言われても、されてもしょうがないと思ってあきらめていた。自分の立場が弱いのはわかっている。引け目だってある。それを承知で結婚したからしょうがないんだって言い聞かせて、やりすごそうと思っていた。

雅孝に対しても同じだと思っていたのに……。

「それで、わかなはこうして俺に触れられるくらいなら、他の女性のところに行ってくれた方がいいって思っているのか？」

いつもの軽い口調で雅孝が問いかけてきたので、私はためらいながらも自分の本音を口にする。雅孝に対する引け目や元々の性格もあるけれど、きちんと伝えたい。伝えてもいいんだ。

「行かないでって言ってもいい？」

本当は他の女性のところに行ってほしくない。ワガママは百も承知だけれど厚彦さんに対する気持ちとはまったく違う。

「言ってもらわないと困る。こんな可愛い奥さんを差し置いてどこに行くんだよ」

雅孝の回答に心から安堵して、張り詰めていたなにかが消える。

いいのかな、私。大事にされても。してほしいって望んでも。

ふと彼と視線が交わり、どちらからともなく顔を近づけ唇を重ねる。こうして雅孝とキスを交わすのはものすごく久しぶりだ。

柔らかい唇の感触を通して伝わる温もりを感じていたら、意外にも雅孝からあっさりとキスを終わらせた。目をぱちくりさせる私に対し、雅孝は曖昧に笑って私の頭を撫でる。

「もしかして俺にこうやってされるのも無理して受け入れていたのか？」

不安そうな彼の表情に突き動かされ、衝動的に私から口づけた。言葉で否定するより少しでも私の気持ちが伝わったらいい。一瞬見せた雅孝の驚いた顔に満足してゆっくりと唇を離す。ところがすぐに雅孝に唇を重ねられ、キスは続けられた。

「んっ」

舌先が唇の間に滑り込まされ、私も彼を受け入れる。

深い口づけになり、反射的に腰が引けそうになったが、それを読んだのか雅孝の腕が腰に回され、固定される。そしてもう片方の手がなぜか膝下に滑り込まされた。くすぐったいと思ったのと同時にそのまま強引に彼の方に引き寄せられ、私は雅孝の膝の上に移動していた。

「え？」

横抱きされる形になり、キスを中断させて雅孝をうかがおうとしたら、有無を言わせない口づけが再開する。密着具合が増したからか、体勢の問題か、容赦のないキスに翻弄されていく。

「んっ……んん」

息をするタイミングが掴めず、それでも舌を差し出して懸命に応えようとする。ほのかにアルコールの香りがするのは、彼のものだ。酔ってしまいそう。

舌や唇を舐め取られ、時折軽く吸われながら唾液も吐息も混ざり合っていく。耳からではなく直接脳に響く水音に羞恥心を煽られる一方で、やめてほしくないと思う自分がいた。

頭がぼうっとしてなにも考えられない。力が抜けそうになり、支えを求めて雅孝のシャツをぎゅっと掴むと、彼は慈しむように私の髪に指を通してしっかりと抱きしめ直してくれる。

その触れ方が優しくて、生理的なものなのか、感情が昂ったからか涙で視界がじんわりと滲んでいく。気がつけば雅孝にされるがままだ。

名残惜しそうに唇が離され、その際目に映った雅孝の表情は、どこか切羽詰まっていて妙な色気を孕んでいた。心臓が大きく跳ね上がり、とっさに彼に抱きついて顔を隠す。

こんな雅孝の表情を見たのは初めてかもしれない。逆に自分はどういう顔をしていたのかと想像したら、恥ずかしさで逃げ出したくなった。

肩で息をする私の頭を雅孝は優しく撫でる。大きい手のひらが心地いい。経験の差は歴然で、こればかりはどうしようもない。

「ごめ、んね」

大きく息を吸ってなんとか声を出す。腕の力が緩み、うつむき気味ではあるが私はようやく雅孝と気まずくなったあの夜について触れる。

「この前、その……経験がなかったから。言い出せないままで、雅孝に応えられなくて」

「謝らなくていい。俺の方こそ、わかなはとっくにあの男のものになっているんだって思い込んでいた」

私はそっと顔を上げる。この場合、私の事情が特殊だっただけで、結婚前提の仲なら雅孝の考えが普通だ。

「それは、あの、ご期待に添えられなくて……申し訳ないです」

居た堪れなさを誤魔化すようにわざとおどけて返してみる。年齢も相まって処女だと知られて、あきれられてもしょうがない。

ところが雅孝は、どういうわけか怒った顔になった。

「期待ってなんだよ。……正直、少しだけホッとしているんだ」

雅孝を見つめると目が合った途端、彼は気まずそうにふいっと視線を逸らした。

「わかなはわかなで、別にこだわるつもりはなくても、誰のものにもなっていないって知ったら、男としてはやっぱり嬉しくなる」

雅孝の言い分に顔が瞬時に熱くなる。彼から顔を背けようとしたが、頬に手を添えられ阻まれた。すぐそばに雅孝の顔があり、真っすぐな眼差しで捉えられる。

「俺だけのものにしてもいいんだよな」

そこで素直に頷けないのが、良くも悪くも幼馴染みという厄介な間柄だ。

「あ、あとで失望したって後悔しても知らないから」

無駄だとわかっていてもつい憎まれ口を叩く。本当に私にとっては、わからないことだらけだ。結婚も夫婦生活も。

しかし雅孝は余裕たっぷりに微笑んだ。

「見くびるなよ。何年の付き合いだと思っているんだ」

そうは言っても、私たちはただ付き合いが長いだけで一度たりとも特別な関係だったわけじゃない。

「ま、さすがに体の相性はわからないけどな」

気持ちが沈みそうになる私に、雅孝は冗談交じりに呟いた。今度は逆に、どう反応していいのか迷ってしまう。

そのときキスで口を塞がれ、唇を重ねるだけの口づけを終えると、雅孝は困惑気味に微笑んだ。

「とはいえ急いではいないし、無理はしなくていい。わかなの気持ちが一番なんだ。大事にするって言葉は嘘じゃない」

そっと額に唇を寄せたあと、雅孝は私に触れていた手を離した。つられるように私も彼の膝から下りてゆっくりと立ち上がる。

思えば雅孝はまだシャワーも浴びていない。私よりも疲れているだろうし、早く休んでもらわないと。

お互いに向き合う体勢になり、私は先に寝室で休むと告げようとする。ベッドはツインなのを雅孝もわかっているだろう。

「あの……」

言いかけて言葉を止める。雅孝に言いたいことを伝えて、抱えていたわだかまりも解けた。だからこれで、ひとまずは十分なはずだ。

雅孝は私からの続きを待つ姿勢を取っていて、それを受け思いきって口を開く。

「さっきはああ言ったけれど……後悔されたり失望されないように、私も頑張るから」

『あとで失望したって後悔しても知らないから』

雅孝だけに責任を負わせたくない。私も歩み寄って努力しないと。夫婦として彼のそばにいるのなら。いたいのなら。

「雅孝のものに……なっていいのかな？　私の意思で」

言ってから、途端に恥ずかしさに包まれる。からかわれる前に寝室に逃げ込もうと体の向きを変えたそのときだった。

「えっ……わっ」

突然の浮遊感にびっくりして声があがる。雅孝に抱きしめられたと認識する間もなく、彼に正面から抱き上げられたのだ。なんのつもりかと抗議しようとしたら、雅孝の怖いくらい真剣な表情が目に映り、息を呑む。

「だったら今すぐ俺のものにしたい」

冗談めいた調子や笑顔は一切なく彼の本気さが伝わってきて、私はなにも言えなくなった。向かう先は寝室で、弱々しく物申す。

「ねぇ……さすがに自分で歩けるよ」

のぼせていた体もすっかり調子を取り戻した。けれど雅孝はなにも言わずベッドルームに足を踏み入れる。

自動で足元のライトがつき、暖色系のダウンライトが程よい明るさで部屋を照らす。ベージュを基調とした室内はソファやテーブルまであって、ここだけでも十分過ごせそうなほど広い。ベッドはツインだが、それぞれダブルベッドくらいの大きさがあった。

入口に近い方のベッドにそっと下ろされ、背中にパリッとした皺ひとつないシーツの感触がある。開放感ある天井が目に入ったのとほぼ同時に私を見下ろしている雅孝が視界を占めた。必要以上に瞬きを繰り返し、心臓がバクバクと音を立てる。

こういう展開を予想していなかったわけじゃない。しかもこの前とは違う。自分の事情を話したうえで、こうなっているわけで……。

思った以上に緊張している。無意識に握りこぶしを作って力を入れると、雅孝が私に覆いかぶさってきた。固まっている私を雅孝が抱きしめ、彼はそのままベッドに体を横たえる。仰向けから横を向く体勢になり、ふたり分の体重にベッドは軋むことなく部屋は静かだった。早鐘を打つ心臓の音と自分の息遣いだけがやけに耳につく。

雅孝が私の頭をそっと撫で、至近距離で視線が交わる。続けて彼の目がゆるやかに細められた。

「そんな怯えた顔するなって。いきなり取って食ったりしない」

「……うん」

素直に頷く。嫌な気持ちはひとつもないのに、知識はあっても未経験だとこんなにも不安になるなんて。

私、ちゃんとできるのかな?

無意識にごくりと唾を飲み込む。雅孝に嫌われたくない、失望されたくない。そういった気持ちが、あるからだ。

『ま、さすがに体の相性はわからないけどな』

ふと彼の言葉が頭を過ぎった。

「その、どうする？」

「ん？」

唐突に尋ねたら、雅孝は私に触れていた手を止め、聞く姿勢を取った。そこまでされると私としては逆に言いづらくなる。

「体の、相性が……最悪だったら」

消え入りそうな声で付け足したのは、雅孝の望むようにできないかもしれないという私なりの予防線のつもりだった。元々の性格や年齢も影響して、正直に不安を吐露できないのがもどかしい。

「それでもいいな」

ところが雅孝からの返事はまったく予想外のものだった。目を瞬かせる私の頬に雅孝はおもむろに手を添えてくる。

「最悪ならそれ以上、悪くはならない。だったらよくするまでだ」

そういう物事をポジティブに捉えるところは、昔から尊敬する。さすがだな。

これはもう、降参するしかないみたい。

思わず笑みがこぼれたら雅孝も笑って、こつんと額を重ねられる。

「そもそも俺にとって、わかなを抱く時点で最悪はありえない」

それは私も同じだ。目で応えると、唇を重ねられる。

上唇、下唇をそれぞれ食むように口づけられ、唇が触れ合ったまま雅孝は艶っぽく囁く。

「わかなが欲しいんだ」

受け入れる意思を表したくて、舌を差し出し私から雅孝の唇を舐め取る。それを皮切りに遠慮のないキスが始まった。

「んっ……う、んん」

大胆に彼の首に腕を回し、自分から密着すると、口づけはより深いものになる。キスをしながらガウンタイプのナイトウェアの隙間に手を入れられ、彼の手のひらが肌を撫でた。頭や頬に触れられるのとはまたわけが違う。それだけで勝手に体がびくりと震えて、反射的に唇を離した。

「やっ」

拒否よりも驚きで声が漏れた。けれどすぐさま唇を塞がれ、声を封じ込められる。そのままうしろに押し倒されるようにぐるりと体勢が変わり、私はベッドを背にして自分の上になっている雅孝にしがみつく形になる。

その間も雅孝の手は、器用に私の肌を滑っていく。狙っていたわけではないが、前で重ね合わせて簡単に脱ぎ着できるガウンは、脱がすのも造作ないらしく、彼によってあっさり肩まではだけた状態になった。おまけにお風呂上がりで汗をかくことを考えてブラをつけていなかったと思い至る。普段衣服に隠されている部分が空気に晒され、心許なさも合わさり体を縮めた。

するとと名残惜しげに唇が離れ、わずかに息を乱した彼と目が合う。そのなんとも言えない艶っぽさに、心臓が跳ねた。おかげで呼吸を整えようとするのにうまくいかず、体に力が入らない。

雅孝の目に今の私はどう映っているんだろう。

離れた距離を縮めたくなって彼を抱き寄せるように回していた腕に力を込める。すると背中に手を忍ばされ、私は勢いよく上半身を抱き起された。

「きゃ」

目を見開いたのと同時に、たゆんでいたガウンが重力に従ってさらにはだける。あられもない姿なのを実感し、とっさに襟元を正そうとしたが、すんでのところで雅孝に制された。

「隠すな。見せろよ」

「あ」

逆に肩にかかっていた部分をさらに開かれ、着崩れというレベルを超えてしまった。腕で自分の胸元を覆おうとするが、逆に手首までおろされたガウンが邪魔をする。

往生際が悪いとわかっていても、平然と裸を晒せるほど度胸も経験もない。

奮闘する私の手に雅孝の手が重ねられ、そっと額に口づけを落とされた。

「恥ずかしい？」

改めて尋ねられ、目を丸くする。けれどすぐにこれは雅孝なりの気遣いなんだと気づいた。弱音や本音をなかなか吐けない私に対しての。

「うん。恥ずかしい……どうしたらいいのかもわからない」

蚊の鳴くような声で白状する。けれど自分の気持ちを伝えられたからか、少しだけ心が軽くなった。

雅孝は安心させるように微笑む。

「ん。でも俺だけしか見てない」

だから、なのに。

目で訴えたら伝わったのか、唇を重ねられる。

「触れるのも、愛していいのも。俺だけなんだろ？　わかなの全部をもらえるのは」

そんなふうに言われたら拒否できない。ううん。きっとどういう言い方をされても、私は雅孝を拒めない。

脱がされるのをおとなしく受け入れ、袖から腕を抜く。腰ひもはかろうじて結ばれているが、もはやナイトウェアの用途をほとんどなしていない。

私の気をまぎらわすためなのか、雅孝は手を動かしながらも私の頬や唇、肩や腕にキスを落としていった。

まるで大切なものを扱うような丁寧さに、勝手に目頭が熱くなる。脱がし終えて裸になった私を雅孝はぎゅっと抱きしめた。

「わかな」

吐息と共に低い声が鼓膜を震わせ、身をすくめる。続けて彼はおかしそうに耳元で笑い、耳たぶに唇を押しつけた。

「んっ」

意図せず引き結んだ唇の間から艶めかしい声が漏れる。それをどう受け取ったのか、今度は耳の周りをねっとりと舌で舐め上げられた。

「や、やだ。やめて」

さすがに抵抗の意を示し、顔を背けようとする。けれど、きつく抱きしめられて雅孝から逃げられない。

「耳、弱い？」

そんなの知らない。

質問には答えられずにいたら、耳を甘噛みされ唇と舌で刺激され続ける。さらに彼の舌が耳の中まで入り込み、目を剝いた。

「や、だ。やっ」

もしかして自分は泣いているのかもしれないと思った。頭に直接響く水音と熱い舌の感触に背中が仰け反りそうになって、肌がゾクゾクと粟立つ。

「こ、わい」

無意識に今の自分の感情を弱々しく口にする。それまで強引だった雅孝は、一度腕の力を緩めて、私をうかがうように目を合わせてきた。

触れられていた片方の耳だけがじんじんと異様に熱い。雅孝は私の髪をそっと耳にかけて、困惑気味に笑った。

「悪い。まさかこんなに可愛く素直に反応してくれるとは思ってもみなかったから」

絶対に悪いと思ってない。そもそもどうして私のせいになるの。

そう言いたいのに、体に残った余韻が邪魔をして声が出せない。けれど彼に顔を近づけられると目を閉じて口づけを受け入れる。

心を落ち着かせていたら、ゆるやかにうしろに倒された。さりげなく枕の上に頭を置く体勢に持っていかれる。

雅孝を見上げる形になり、対して彼は私をじっと見下ろしてくる。

なにか言うべきなのかと迷っていたら、雅孝は自分の襟元に手をかけさっさとワイシャツのボタンをはずし出した。Vネックのインナーシャツが覗き、なんのためらいもなくそれも脱ぎ捨てる。

暖色系のダウンライトの明かりを背に、照らし出された肉体は程よく引き締まっていて私は目を奪われた。女の自分とは明らかに違う体つきに見惚れて、冷静になると顔から火が出そうになる。

見られるのはもちろんだけれど、見るのも恥ずかしい。慣れていないので急に目のやり場に困ってしまう。

そもそも私、お風呂上がりですっぴんだし、格好もこんなので髪もそのままで……。

今さら後悔しても遅いが、急に居た堪れなさに襲われた。

目を泳がせていると、雅孝が覆いかぶさってきて長い指先でそっと前髪を掻き上げられる。続けて額に唇を寄せられ、至近距離で視線が交差する。私の視界には彼しか映らなくなった。

「余計なことは考えなくていい。考えさせない」

有無を言わせないのは口調だけではなく眼差しもだ。捕まって逃げられない。

「わかなは俺だけに集中して溺れていたらいいんだ」

言い終わるのと同時に口づけられる。密着した厚い胸板から伝わる温もりや、肌が合わさる心地よさにどこか安心して、おとなしく雅孝の逞しい背中に腕を回した。

不安や恥ずかしさがなくなったわけじゃない。でも雅孝が好きで、私だって彼の全部が欲しいから。


『好きになったらだめよ。つらい想いをするだけだから。異性なら尚更、いつか離れないとならない。雅孝くんはね、GrayJT Inc.の後継者のひとりとして、おじいさまの決めた相応しい人と結婚するの。わかなとは元々別の世界の人だから』

ああ、あれだけ母に言われていたのに。でもいいよね。雅孝を好きになっても。私たち、結婚したんだから。

しかし夢の中の母は険しい顔で続ける。

『たとえば彼は——みたいな人と結婚するの』

母はなんて言ったんだっけ？　思い出せない。でもそのときの私はものすごく腑に落ちたのを覚えている。ああ、そうか。雅孝は……。

さっきから大きな手のひらが私の頭を撫でている。これは夢？　この手を私は知っているの。

うっすらと瞼を開けると、私に触れていた手が止まった。夢うつつのまま何度か瞬きをして目の焦点を合わせようとするが、睡魔がまだ完全に振り払えず私はベッドに顔をうずめる。なんだか肌寒い。

「意外だな。わかなは朝が弱いのか」

耳馴染みのある声でおかしそうに言われて、今度こそ眠りから覚めた。

目をぱちくりとさせ頭を上げたら、すぐ隣には肘をついて横になりこちらを見ている雅孝の姿がある。

「おはよう、奥さん」

穏やかに告げられ、私はとっさに状況が把握できなかった。

「なに、してるの？」

寝起き特有の掠れた声で尋ねる。すると雅孝は答える前に私の額に唇を寄せた。

「ん？　なにって可愛い妻の寝顔を堪能してたんだ」

歯の浮くようなセリフでも、彼が言うとそれなりに様になってしまうのが悔しいところだ。照れるよりも先に冷静に返す。

「今、さら？」

マンションでも同じベッドで眠っているので、そんな珍しいものでもない気がする。そもそも私の寝顔を見て、なにが楽しいんだろう。

雅孝は眉尻を下げて苦々しく笑った。

「手を出せずに悶々とするのはなかなかつらいから、家ではあまり意識しないようにしたんだ」

「え……」

彼の言い分に、ようやく現状を理解する。それと同時に自分はなにも身にまとっていない状態なのも。下腹部に鈍い痛みが残っていて、ベッドにもぐりこみたい衝動に駆られたが、その前に雅孝に抱きしめられた。

彼はシャツを羽織っていて、ますます自分だけ裸なのをどうにかしたくなる。けれど回された腕の温もりが心地よくて、おとなしく雅孝に甘えるように身を寄せた。

湿り気を帯びた爽やかな香りが鼻を掠める。

「シャワー浴びたんだ」

彼がベッドから抜け出したのに全然気づかなかった。

「一緒に入りたかった？」

しかし雅孝はどう捉えたのか、私の髪に指を通しながら上機嫌に返してくる。そういう意味ではないと訂正しようとしたが、雅孝が抱きしめる力を強めて私を腕の中に閉じ込めた。

「わかなと同じ匂いがする」

ちゅっと音を立て耳たぶに口づけられ、思わず肩をすくめる。けれど雅孝はおかまいなしに私の肌にキスを落としていった。

「やっぱりわかなの方が甘い香りがする」

「ちょっ」

首筋に唇を添わされ、さすがに抗議の声をあげる。しかし雅孝は止めてくれず、彼の髪が顔の輪郭をくすぐって、昨晩の記憶と共に熱がよみがえる。

この髪に指を通すと思った以上にサラサラで驚いた。でも今は受け入れている場合じゃない。雅孝の肩を必死で押し返そうとするがびくともせず、逆に雅孝はからかうように私の肩口を甘噛みした。

「ふっ」

「違うか。本当に甘いんだ」

皮膚の上に舌が這わされ、本当に食べられるんじゃないかと錯覚する。

そのとき雅孝が顔を上げて、私と目を合わせてきた。笑いながらも瞳の奥には情欲の色が滲んでいて、思わず呑まれそうになる。

「このままいただこうか」

彼の指が私の頰を撫で、問いかけられた。一瞬、間が空いて小さく首を横に振る。

「だ、め。起きる」

子どもみたいに主張したものの彼が聞いてくれるのか不安だった。ところが雅孝はあっさりと腕の力を緩め、私を解放した。

「そうだな。ここで無理をさせてわかなに嫌われたら元も子もない」

彼の言葉に安堵し、ようやくベッドから抜け出そうとした。とにかくまずは私もなにか羽織りたい。完全に油断していたところに急に背後から抱きしめられる。

「で、どうだった？　体の相性は」

からかい交じりに尋ねられ、目を見張った。

『体の、相性が……最悪だったら』

ここでのやりとりを思い出し、顔が熱くなる。律儀に掘り返さなくてもいいのに。

私はしばらく黙ったままでいたが、悩んだ末にぽつりと呟く。

「わからない」

私の回答が意外だったのか、雅孝が少しだけ動揺したのが伝わってきた。とはいえ正直に言うしかない。

「だって、ああ言ったけれど……比べるものがないの。雅孝としかしてないから」

最悪も最高もなにを基準にしているの？　過去の経験？　一般論？　だとしたらますます私からはなにも言えない。

妙な沈黙に胸がざわつき、ちらりとうしろをうかがう。

雅孝こそどうなんだろう。彼は……。

声に出そうとした寸前、顎に手をかけられ強引に唇を重ねられた。驚きで目を見開き、不意打ちに戸惑う。動揺する私をよそに、雅孝は長い口づけを終わらせこつんと額を合わせてきた。

「野暮な質問だった。まったく、わかなには敵わないな」

それは、どういう意味なんだろう。やっぱりここは真面目に答えず「最高ね」と言っておくのが正解だったのかもしれない。

空気が読めていないというか、可愛げがないと思われても無理はない。

「あ、あの」

私は雅孝から視線を逸らすようにあえて前を向いて、彼に話しかける。自分の前に回された雅孝の腕に手を添えて意を決した。

「雅孝に触れられるの、嫌じゃなかった。だから……その……また、してくれる？」

今の自分に伝えられる精いっぱいを声にする。

昔から知っているはずの雅孝が男の人なんだって改めて感じた。

私を映す瞳も、私を呼ぶ声も、すべてが知らない人みたいで不安に駆られる。その一方で、私を気遣いながら触れてくる手は優しくて、肌を、唇を重ねるたびに蓋をして封じ込めていた想いがあふれ出す。私、雅孝が好きなの。

素直に甘えて、彼を求めてもいいんだ。自分の気持ちに正直になっても……。

「わかなは俺を試しているのか？」

うしろからため息交じりに反応があり、我に返った。

「試す？」

意図しない返事に、おうむ返しをする。雅孝の口調もやや怒っている感じで、訳がわからない。

雅孝は腕の力を強め、混乱する私をきつく抱きしめた。

「さっきの発言の手前、これ以上は手を出さないって決めたのに……そんなふうに言われたら、なけなしの理性が飛びそうになるだろ」

予想外の切り返しに、思わず振り向く。雅孝は打って変わって余裕たっぷりに笑った。

「でも、わかなから望んでくれるなら抑える必要はないな」

そっとうなじに口づけられ、ようやく意味を理解した。

「い、今。今とは言っていない！」

この状況と自分の発言も合わさり、説得力がないのは理解しているが、それとこれとは別だ。ベッドの上での攻防戦はしばらく続き、最終的に私がシャワーと空腹を訴え、雅孝が私の希望を優先する形で決着がついたのだった。

第五章　特別なのは誰ですか

パーティーが終わってからも雅孝は相変わらず忙しい日々を送っている。対する私は家で彼の仕事を手伝いつつ、比較的ゆったり過ごしていた。

元々仕事に精を出すタイプだったので、正直今の状況はどうも落ち着かない。結婚して雅孝との生活にも慣れてきたので、そろそろ働こうと仕事を探そうとしたら、どういうわけか雅孝からストップがかかった。

『少しはゆっくりしたらどうだ？』

あきれたような心配そうな彼に、唇を尖らせる。負債の肩代わりについて雅孝は気にしなくていいと言ったが、経済的にも性分的にも働きたいのだ。

そう説明したら、なんと彼は自分の元で働くのを提案してきた。今すぐではなく雅孝が会社を興した際に、社長となる彼の秘書として支えてほしいと言われ、目をぱちくりとさせる。

GrayJT Inc. の傘下にはなるが、雅孝が自分の会社を立ち上げるため奔走し、その準備が整いつつあるのは聞いているし、応援はしている。

たしかに同じ業界で社長秘書なら前職の経験も活かせるから私にとって悪い話ではない。けれど。

『身内贔屓って思われない？』

以前は厚彦さんの秘書として働くことを考えたこともあったけれど、新しい会社でいきなり妻の立場で秘書を務めるのはどうなんだろう。いろいろ邪推されて雅孝にとってマイナスになる事態は避けたい。しかし彼は私の不安を鼻で笑った。

『思われないような仕事をすればいい』

それは彼自身のことなのか、私に対してなのか。どちらにしても私の闘争心に火をつけたのは間違いない。

仕事ぶりも成果も目に見える形で残していきたいとは思っている。

あとから考えると、雅孝に乗せられただけのような気もするが、こうして私は彼の話を引き受け、空いている時間は雅孝の仕事を手伝う傍ら業界研究やGrayJT Inc.の事業について知るために使っている。

ただ、雅孝が帰ってきたときに、夕飯を用意して『おかえりなさい』と声をかけると彼はいつも嬉しそうにしてくれるので、誰かを待つのは悪くないと温かい気持ちになる。

ひとりに慣れていたのに、一緒に過ごす相手がいるのが、こんなにも安心と心強さをもたらすのだと久々に感じられた。

六月も後半、すっかり梅雨入りして安定しない天気が続いている。髪の毛がいつもよりまとまりづらい季節で、ため息が漏れてしまう。マンションのランドリールームは常に乾燥機がフル稼動していた。

『わかな、デートしよう』

ある日、久々に週末に晴れ間が覗くというニュースを目にしたタイミングで、雅孝から声をかけられた。ずっと忙しそうにしていたから、できれば休息に使った方がいいのではと勧めたが、雅孝は聞く耳を持たず話を進めていく。

買い物や用事で外に出る機会はたびたびあったが、デートというものは実は初めてかもしれない。意識するとつい緊張してしまい、ファッションも悩んでしまう。とはいえ気合いを入れすぎだと笑われても困る。

そこまでしてデートだとこだわる必要があるのか、どこか行きたいところでもあるのか。彼は多くを語ってくれず、あっという間に日曜日になった。

今朝は天気予報通りすっきりした青空が広がっている。

結局、ベージュのプリーツスカートにラベンダー色のリブニットを組み合わせ、シンプルかつ甘さも少し意識したコーディネートに決めた。髪はゆるく編んでひとまとめにし、ピアスやネックレスのアクセサリー類をアクセントに身につける。

そして左手の薬指に結婚指輪に、婚約指輪を重ね付けしてみた。

デートだし、いいよね？

普段からつけていてほしいと言われているくらいだから、雅孝からするとなにも問題はないはずだ。あくまでも私の心の持ちようというべきか。

左手を目の前にかざし、特別感に胸を高鳴らせる。

支度を済ませ、私は彼の車の助手席に乗り込んだ。

雅孝はボーダー柄のサマーニットと黒のスキニーパンツにチェスターコートを羽織り、いつものスーツ姿に比べると幾分かカジュアルな雰囲気だ。顔もスタイルもいい人間は、なにを着ても似合うから羨ましい。

「それで、どこに行くの？」

見惚れていると気づかれないように、改めて行き先を尋ねた。

「わかながが好きなところだよ」

しかし雅孝からは悪戯っ子みたいな笑みと共に答えになっていない返事があった。

追及をあきらめて前を向くと、さりげなく彼の左手が頭に伸ばされる。

「今日の服もよく似合っている。そうやって、髪をまとめているのもいいな」

さらっと褒め言葉が出てくるところが彼の魅力でもあり憎らしいところでもある。

そうやって、誰にでも優しかったな。

学生時代の苦い思いがよみがえり、雅孝の顔をじっと見つめた。

物腰が柔らかく会話もうまくて気さくで、いい意味で御曹司らしさを感じさせない彼は、女泣かせでもあった。

彼女たちはみんな、想いを寄せては穏やかに拒絶され、嫌いになるのさえ難しくなる。

私は同じ轍を踏まない。強く決意して彼から距離を取っていた。幼馴染みだからって勘違いしてはいけない。母からの言葉もあったから。

記憶を辿っていると、ふと雅孝の手が頬に伸ばされた。意識を彼に向けた瞬間、整った顔が目の前にあり素早く唇が重ねられる。

おかげで反応が遅れ、瞬きひとつできずに固まっていた。

「あまりにも見つめてくるからこうしてほしいのかと」

信号待ちをしていたらしく、雅孝のあっけらかんとした発言にすぐに我に返った。

「いいから前を向いて」

先に私が顔を逸らす。まったく人の気も知らないで。

気持ちを切り替え、ぼんやりと窓越しに外の景色を眺める。しばらくして徐々に車の向かっている場所に予想がついてきた。

「もしかして薔薇園？」

看板なども目に入り、私は運転する雅孝に尋ねた。すると彼は前を見たまま口角を上げる。

「正解。もう今シーズンは最後だろうから」

品種によって多少ずれたりするが、薔薇の見頃は五月上旬から六月の中旬が一般的だ。雅孝の言う通り、今日あたりが見納めかもしれない。

「嬉しい！　ずっと行ってみたいと思っていたの」

興奮気味に答え、ふと疑問が浮かんだ。

「なんで、私が行きたいって知ってたの？」

「わかなは、昔から花が好きだったから。うちに来たときは、いつも中庭の花をよく見ていたよな」

彼の指摘は正しく、私は幼い頃から花や植物が好きだった。雅孝の家の中庭は立派で、子ども心にワクワクが止まらなくて足を運ぶのを楽しみにしていた。

でも私が花をもっと好きになった大きなきっかけは……。

「そういえば、雅孝から初めてもらったプレゼントも薔薇だったよね？」

確認するように問いかけ、自分の中で忘れられない出来事になった記憶がよみがえる。あのとき、彼がわざわざ私と同じ名前の薔薇をプレゼントしてくれて、ますます花が好きになった。買うのではなく大事に育てたと聞かされて、本当に嬉しくて薔薇にも興味を持つようになった。

「わかながよく遊びに来てたのは、俺じゃなくて中庭目当てだったんだろ」

「そんなこと」

からかい口調の雅孝に私はとっさに言い返そうとした。けれど一度言葉を止める。

目的地に着いたらしい。見頃のピークを過ぎているからか、薔薇園の駐車場はそこまで混んでいる様子はない。先に雅孝が車を降りたので私も続く。そして雅孝が車の前からこちら側に回り込んできたので足早に彼に近づき、その右手を取った。

「お庭も素敵で好きだったけれど、一番は雅孝に会いたかったの」

さっきの彼の言葉に対する返事だ。

あのときはお互いの立場とか関係なく、純粋に次に雅孝に会えるのが楽しみだった。

なにをして遊ぼう。なんの話をしようか。

雅孝はどうだったんだろう。他にも彼と交流のある同年代はいたから、私はその中のひとりくらいの存在だったのかもしれない。

でも今、伝えられなかった当時の正直な気持ちを、少しは言ってもいいのかな。

雅孝は虚を衝かれた顔をしたあと、私の左手を握り返してくれた。

「光栄だな。なら可愛い妻のために、わかなへの今度のプレゼントは薔薇を九十九本用意しておく」

「九十九？　百じゃなくて？」

冗談なのか本気なのか摑めないが、中途半端な数字につい尋ねてしまった。

「なに？　わかなは百本希望？」

「やめて。花瓶が足りない」

ニヤリと笑った彼に、反射的に拒否してしまう。あまりにも色気のない反応だったかと、ほんの少し後悔していたら雅孝と目が合った。そして妙な間が空いたあと、ほぼ同時に笑い出す。

「花瓶付きだったらいいのか」

「今日見る薔薇で十分よ」

軽口を叩き合い、手をつないだまま私たちはアーケードに向かった。

園内は色とりどりの薔薇があちこちに咲き誇り、見た目と香りで楽しませてくれる。

薔薇のアーチや薔薇の小道など、薔薇を魅せるための工夫が随所にされていてついつい足を止めてしまう。

「初めて見るものばかり。薔薇って幅広いのね」

「毎年新種も出てきてるからな。不可能と言われた青い薔薇でさえ、誕生したし」

時折解説に目を通し、その品種の特徴や歴史的背景などの知識を得ながら目に焼きつけていく。

家族連れやカップルなど他にも大勢訪れているが、多くの人は写真を撮ったり期間限定の催しや展示に足が向いたりして、私たちよりあとから来て、先に行ってしまう。

もしかして私、自分のペースでいちいちじっくり見すぎかしら？

不安になって雅孝をうかがうと、彼は薔薇に意識を向けていた。その整った横顔に息を呑み、こちらを向いた彼と視線が交わる。

すると雅孝が穏やかに笑ってくれた。その表情に胸が締めつけられる。

「楽しんでいるか？」

「うん、ありがとう」

答えて私も薔薇に注意を戻す。思えば昔から彼はなんだかんだで私の希望を優先してくれていた。

「かくれんぼとか、よくしたね」

雅孝の家の庭は広くて、鬼ごっこよりも私はかくれんぼが好きだった。もっと言うなら鬼よりも隠れるのが。

「本当、飽きずに何度もよくやったよな」

「雅孝は見つけるの上手だったよね。私、いつも一番に見つかっていた気がする」

彼の実家だから当たり前か。それとも私が隠れるのが下手だったのか。

しかし雅孝は私の指摘に複雑そうな表情になった。

「わかなを一番に探してたから」

「え？」

思いがけない切り返しに聞き返すと、雅孝は真っすぐに私を見据えてきた。

「わかなを見つけるのは……迎えに行くのは、俺の役だと思っていたんだ」

「い、今ここではぐれたとしても？」

つい照れて冗談交じりに返す。

「そうだ。どこにいても、わかななら探し出して迎えに行く」

ところがあまりにも真剣に返され、逆に私が動揺する。つながれた手の温もりが熱く感じて、心なしか握る力が強められた気がした。

そこである薔薇が目につき、引き寄せられるようにゆっくりと近づいていった。遠くからは白に見えていたのに、そばでよく見たら緑色だった。

「これって……」

「〝わかな〟だな」

解説を読んでいる雅孝を二度見して、目線の先を追いかける。たしかに【わかな】と明記されていた。

久しぶりに実物を目にして嬉しくなる。

「花言葉は〝心からの尊敬〟〝約束を守る〟……わかならしいな」

雅孝がしみじみと呟いた。

説明文によると相思相愛という花言葉もあり、色合いから結婚式に使われる機会も多いんだとか。花言葉は初めて知った。

そこで考えが別の角度に移る。

「そういえば、雅孝って花言葉とかカクテル言葉とかよく知ってるよね」

前にジントニックのカクテル言葉について指摘されたのを思い出す。そういうのを意識し出すと意外と面白いかもしれない。

「知り合いの影響だな。俺自身はそこまで詳しくない」

指摘したら雅孝はどこか苦々しく答えた。

私もこれから少しだけ気にかけてみようかな。

「わかなは、お父さんをどう思っているんだ？」

「え？」

なんの前触れもなく父のことを質問され首を傾げると、雅孝は真面目な表情で続ける。

「わかなのお父さんもある意味、被害者だったと思う。保証人を断れない事情があったのかもしれない。でもそのせいでわかなは好きでもない男と結婚しようとしたんだろ？」

やや怒気を含んだ雅孝の口調に対し、私は眉尻を下げて笑った。

「お父さんらしくて、しょうがないかなって思っている」

私の返答に雅孝は目を丸くし、私は彼から〝わかな〟に目線を移した。懐かしさに包まれ、父を思い出しながらゆっくりと続ける。

「昔から困っている人を見たら手を差し伸べて、そんなお父さんを馬鹿だなって思っていたときもあるの。感謝されずに損することだってあるのに」

お人好しもいいところだ。でも……。

「私が友達関係や進路とか壁にぶつかったとき、いつもお父さんは背中を押してくれたから」

『わかながそのときに正しいと思った行動を取ればいい。正しさや結果なんてあとからついてくるんだ』

『たとえ失敗しても、泣いて傷つくことがあっても、その経験は全部優しさに変えられる。わかなは相手を許せる人間になってほしい』

何度も父の言葉を思い出しては、自分を奮い立たせ前を向いてきた。

「失敗してもいいんだって言われてすごく楽になった。だからどんな選択も、どんな経験も私を肥やす力になるって思っているの」

もちろんまったく恨みも文句もないと言ったら、うそになる。父が生きていたら派手に親子喧嘩をしていたのは間違いない。けれど最終的には、父を中心にどうやって借金を返していくか話し合えただろうな。今はもう話し合うどころか喧嘩もできない。

薔薇から雅孝に目線を戻す。

「私は許せる人間でいたい。お父さんも、その借金をした人も」

宣言するように雅孝に告げ、ふと思い直す。雅孝に負債を肩代わりしてもらった身としては、偉そうなことはなにも言えない。

「俺は、わかなとは違って両親や祖父を恨んだりもした。自分の家庭環境を呪ったのは一度や二度じゃない」

フォローを入れようとしたら、先に雅孝がぽつりと呟いた。彼はため息をつきつつ前髪を掻き上げる。

「生まれたときから灰谷の名前がついてまわって、周りからどう見られるかを常に考えないとならなかった。なんでも手に入ると思われがちだけれど、現実は真逆だったよ」

いつも明るく、茶目っ気たっぷりで彼の周りには人は絶えない。でもそれは雅孝が灰谷家の人間として生きていくために身につけた処世術なんだ。

気がつけば私の手は彼の頭に伸びていた。彼の癖のある髪が手を滑り、驚いた面持ちの雅孝と目が合う。

「雅孝は、昔から人の心の機微を読むのがうまいから、いつも先回りして自分を押し殺すくせがあるのよね」

断定で告げた。ムードメーカーで、本当にあきれるほど人のことばかりで、たまには肩の力を抜けばいいのに。ずっとそう思っていた。

『これでもあっちでいろいろ頑張ったんだ。褒めてくれないか?』

あのときは軽く返してしまったけれど……。

私は雅孝の頭を撫で続ける。

「雅孝は頑張っている。大丈夫。なんだかんだ言っても雅孝が灰谷家を大事にしているのは、ちゃんとわかっているから」

割り切れないから苦しくて、白黒はっきりさせられることばかりじゃない。嫌がられるかと思ったが、意外にも雅孝は私が触れるのを受け入れていた。

「だからね、たまにはそうやって心の中のモヤモヤを吐き出して。私がいくらでも聞くし、励ますよ」

いつも明るく前向きでいられる人間なんていない。雅孝が私が甘やかしてくれるように、私も彼の支えになりたい。

「わかなは、そうやっていつも俺を許してくれるんだな」

「もちろん。私は雅孝の妻だもの」

即座にはっきりと答えたら、ややあって雅孝が肩を震わせ笑い出した。そっと彼の頭から手を離す。

「敵わないな、わかなには。どうしたってもう手放せなくなる」

言い終えるや否や唇が重ねられ、完全な不意打ちに驚く間もなく雅孝が離れる。

「これも許してくれるんだろ？」

外だという恥ずかしさも相まって、いつもの口調で返す。でも心なしか雅孝の顔がすっきりしたように見えて、こっそり胸を撫で下ろした。

「調子、乗りすぎ！」

そのあとも薔薇園の散策を続け、英国式庭園をモチーフとしたカフェで休憩する。雨が降っていないので屋外の席を選び、薔薇園の中でいただく紅茶とケーキは格別だ。明日はまた天気が崩れるみたいなので、今日は本当にタイミングがよかった。

最後にお土産ショップで買い物をしようと足を運ぶ。薔薇を使ったお菓子やお酒、化粧品やバスグッズなど幅広い品数がそろっている。店内は薔薇の香りに包まれていた。

このあと、母の病院と彼の実家に顔を出す予定になっているのでそちらにもなにか手土産がてら買おうと選んでいく。

「ご実家にはなにがいいと思う？」

「なんでもいい。それより自分の欲しいものを選べよ」

雅孝はさりげなく私の持っていたカゴを取った。

「わかなはいつも人のことばかりだから」

「それは雅孝もでしょ」

さっきのやりとりもあって口を尖らせる。

今日だって貴重な休みを使って、私のためにここに連れて来てくれた。

「雅孝も欲しいものがあったら、ちゃんと言って」

彼の目を見て力強く訴える。すると雅孝は目を細め、私の頭をそっと撫でた。

そうは言っても彼は欲しいものは自分で手に入れるんだろうな。

それでも、もしも私にできることがあれば力になりたい。私は彼の妻で、雅孝が好きだから。


まだ空は明るいが、だいぶ日は傾いてきた。湿り気を含んだ空気は梅雨独特で、また天気が雨模様になるのを訴えてきている。

母の病院に寄ったあと、私たちは雅孝の実家に顔を出す。その際、玄関に若い女性のパンプスがあって一瞬、千鶴ちゃんが来ているのかと思った。

来客中？

「こんにちは」

そこで声がかかり顔を上げた。

肩下まで伸びた艶々の黒髪に、目がくりっとした可愛らしい雰囲気の女性が中からこちらに向かって歩いてくる。色白でどこか儚げな印象だ。

「雅孝くん、久しぶり。わかなちゃんも」

私の名前まで呼ばれて、目を瞬かせる。記憶を必死に辿るが、彼女が誰なのか思い出せない。

「おじいさまから、今日いらっしゃるとさっき聞いたの。まさかふたりが結婚するなんて……おめでとう！　会えて嬉しいな」

「京華《きょうか》、お前どうしたんだよ？」

雅孝が彼女の名前を呼んで、なにかが引っかかる。まだ記憶がはっきりしない私に彼女は眉尻を下げた。

「雅孝くんとはともかく、わかなちゃんとはすごく久しぶりだよね。昔、ここで一緒によく遊んだんだけれど覚えていないかな？　橋爪《はしづめ》京華です」

そこでぼやけていた思い出がクリアになった。

「京華……ちゃん？」

そう。彼女とはたしか雅孝を通してここで知り合って、よく一緒に遊んだ。同い年だったけれど小学校は違っていたので、そのあとの私との付き合いはあまりなく、すっかり記憶から抜け落ちていた。どうやら雅孝とはそれなりに付き合いが続いていたらしい。

「結婚したんだから、もう橋爪じゃないだろ？」

雅孝があきれたようにツッコむ。しかし京華ちゃんは困惑気味に微笑んだ。

「それがね、先月離婚して実家に戻ってきたの。バツイチになりました」

私と雅孝は目を見張って彼女を見つめる。おっとり明るい口調だが、とっさにどう返していいのかわからない。

「お邪魔します」

ふと背後から声がして私と雅孝は勢いよく振り向いた。パンツスーツに身を包み、眼鏡をかけた女性がきびきびと玄関に入ってくる。

「京華さん、お迎えにあがりました」

「山下《やました》さん。すみません、お待たせしちゃって」

母親にしては若すぎるし、姉にしては年が離れすぎていると思ったが、お互いの呼び方からそういった関係ではないらしい。たしか京華ちゃんの家も大きな会社をしていてお嬢さまだったのを思い出す。

京華ちゃんから山下さんは自分のボディガード兼秘書としてなにかと世話を焼いてくれる存在なのだと紹介された。

「お久しぶりです、雅孝さん。ご結婚されたと聞きました。おめでとうございます」

続いて山下さんは雅孝に対し、律儀に頭を下げた。苦笑してお礼を告げる雅孝に対し、京華ちゃんが閃いた！　という顔になる。

「ねぇ。もしよかったら夕飯でも一緒に食べない？　せっかく会えたんだもの。あ、もちろん予定がなかったらでかまわないから」

実家に顔を出すとは言ったが、具体的な用事はとくにない。断る理由もなく、ひとまず雅孝が手土産を持って家に上がり、私は玄関でおとなしく待つ。

「それにしても雅孝くんがわかなちゃんと結婚したって聞いてすごくびっくりしちゃった」

女三人だけ玄関に残され気まずく感じたのも束の間、京華ちゃんが笑顔で話しかけてきた。彼女は、どうしてこんなに気さくなのだろう。会うのはすごく久しぶりなのに。

私はほぼ彼女との思い出を忘れかけていたので逆に申し訳なくなる。

なんて答えようと答えを迷っていると、先に山下さんが口を開く。

「ええ、驚きました。雅孝さんは、もっと家柄も立場的にも相応しい方と結婚されると思っていたので」

ぴしゃりと跳ねのけるような冷たさだった。嫌味を通り越して、嫌悪に近いものをストレートに感じる。

「山下さん！」

そう思ったのは私の勘違いではないようで、京華ちゃんが彼女の名前を強く呼んでたしなめた。山下さんは、無愛想な表情のままだ。

続けて京華ちゃんはなだめるように笑顔を作る。

「いいじゃない。雅孝くんは、わかなちゃんと結婚したかったのよ。家柄とかじゃなくて、自分の想いを貫いたなんてすごく素敵じゃない」

「貫いた……って言えるんでしょうか？」

山下さんの反応はどこまでも冷たい。さすがに初対面の人間にここまで言われる筋合いも理由もないはずだ。

居心地の悪さを感じていたら雅孝が戻ってきたので、場の空気が変わる。私たちは夕飯を共にするため、レストランに足を運ぶ流れになった。

京華ちゃんの指示で山下さんが予約をしたのは、お洒落なイタリアンが楽しめるカジュアルレストランで、シェフのひとりは国際的なコンテストで受賞経験もあり何週間も予約待ち必須のお店だ。

そこであっさり食事を可能にしてしまうところに彼女のすごさを感じる。京華ちゃんも雅孝と同じ世界の人間らしい。

京華ちゃんと雅孝の祖父同士が知り合いらしく、彼女のおじいさまはシステムインテグレーション事業をメインに行っている会社の社長で、私も名前を知っている有名企業だった。今は中小企業のＩＴ化のサポートに力を入れているそうで、これからのさらなる躍進は間違いない。

ふたりのつながりに納得するのと同時に、当時の私は子どもだったとはいえ、相手の立場などまったく気にせず、一緒に遊んでいたんだなと思い返す。

「でね、祖父に間違いないって言われた人と結婚したのはいいんだけれど、新婚生活はなかなかひどくて……」

思い出話にひとしきり花が咲いたあと、話題は京華ちゃんの近況に移った。

祖父によって結婚相手を決められた京華ちゃんは、その彼と三年前に結婚。そして相手の都合でカナダに渡ったんだとか。

「結婚前から少し嫌な予感はしていたんだけれど、いざ結婚したら外面はいいのに、その八つ当たりなのか私に対しては暴言、無視なんて当たり前。自分勝手で、そのくせ束縛がひどくて」

笑って話してはいるが、本当につらかったのが伝わってくる。別れようにも相手は世間体を気にして応じてくれず、離婚成立まで相当な時間がかかったそうだ。

「ごめんね、嫌な話をして」

「ううん、大変だったね」

気まずそうな顔をする京華ちゃんに、すぐさま否定する。

「でも一度、失敗したから次は口を出されないと思うの」

どこまでも明るい京華ちゃんは、自分の境遇を嘆いたりせず、前を向こうとしている。お嬢さまとか関係ない、とても魅力的な女性だ。

「だから、そんな結婚はやめておけって言ったんだ」

「本当、あのとき雅孝くんのアドバイスを聞いておくんだった」

ずっと話を聞いていた雅孝が口を挟むと、京華ちゃんはわざと肩をすくめて茶目っ気たっぷりに笑った。

「もっと強く引き止めてくれてもよかったのに」

「人のせいにするなよ。それにしても、まさか離婚するとは思わなかった」

ふたりのやりとりを見て胸が軋む。

結婚の話を直接するほど京華ちゃんと雅孝は親密だったんだ。

チクチクと心の奥になにかが刺さる。

「ところでわかなちゃんの指輪、素敵ね。雅孝くんが選んだの？」

話を変えるように京華ちゃんが結婚指輪について聞いてきた。

「婚約指輪は俺が勝手に選んだけれど、結婚指輪はふたりで見に行った」

「素敵！　お花をモチーフにしてるの？　ダイヤモンドの宝石言葉は〝永遠の絆〟〝不変〟。婚約指輪や結婚指輪にぴったりよね」

端的に答えた雅孝に対し、京華ちゃんは目を輝かせる。

「京華ちゃん、詳しいね」

「うん。私ね、宝石言葉とか花言葉とかそういうのが大好きなの」

「そうなんだ」

食事と会話を楽しみ、私と京華ちゃんは連絡先を交換した。二十年以上ぶりにつながった縁をなんとなく不思議に思う。

「京華ちゃん、離婚できてよかったね」

帰りの車の中で私はぽつりと呟いた。

「今日は京華が突然悪かったな」

「なんで雅孝が謝るの？」

尋ねたら雅孝に右手を取られた。

「せっかくのデートだから本当は、最後までわかなとふたりで過ごしたかったんだ」

予想外の切り返しに目を見張り、慌てて彼に視線を送るが、雅孝は前を向いていた。

気がつくとマンションのすぐそばまで帰ってきている。夜だから道が空いていて、あまり時間がかからなかったようだ。駐車場に車が停まり、雅孝がエンジンを切ったタイミングで私は口を開く。

「今日はありがとう。一日、雅孝とふたりでゆっくり過ごせて嬉しかったよ」

デートとして大満足だった。だから京華ちゃんとの件は気にしていない。そんな思いも込めて私は素直になる。

すると雅孝は私の頭をそっと撫でた。照れて彼の顔が見られなかったが、おずおずと視線を向ける。優しく微笑んでいる彼がいて、ゆるやかに顔を近づけられた。目をつむって口づけを受け入れる。そのときふと昔の記憶がよみがえった。

『たとえば彼は京華ちゃんみたいな人と結婚するの』

目を見張ってキスを中断し雅孝から距離を取る。今の今まで忘れていた母の言葉がつながり、どっと嫌な汗が噴き出す。

驚いた面持ちの雅孝になにも言えない。

昔の話よ。気にしちゃだめ。

自分に言い聞かせながら、唇を噛みしめる。雅孝へのフォローの言葉も出てこず、私の心はざわめき続けていた。


翌朝、雅孝を見送ったあと家事をしてから自分の部屋で仕事を始める。昨日薔薇園で購入した紅茶を試しに淹れてみたが、なかなか美味しそうだ。

ふんわり薔薇の香りが立ち込め、カップに口をつけるとあっさりとした口当たりで意外と飲みやすい。

雅孝が帰ってきたら一緒に飲もう。

カップを置いて作業に集中する。どれくらい時間が経ったのか、デスクの上に置いていたスマートフォンが震え、はっと我に返る。

ディスプレイに表示されている番号は登録していないもので、私は電話を取るべきか迷った。けれど意を決して通話ボタンを押す。

「はい」

『こんにちは、山下です。突然のお電話失礼します』

名乗られたものの、すぐに誰なのか結びつかない。しかし山下という名前はつい昨日聞いたばかりだ。

「や、山下さん!? 京華ちゃんと一緒にいらっしゃった?」

信じられない気持ちと確認する意味も込め、私は尋ね返す。彼女だとしたら、一体私になんの用なのか。

『はい。京華さんから連絡先を聞きました。昨日の態度をお詫びしろと言われまして。初対面で不躾な態度を取って申し訳ありませんでした』

「い、いいえ。そんな!」

なんとなく電話の向こうで頭を下げている山下さんの姿まで想像できて、見えないとわかっていても、私は首を横に振った。

おそらく彼女は悪い人ではなく、むしろ真面目で律儀な人なんだ。それが伝わってきて、私はつい彼女に質問する。

「あの……山下さんは、どうして私にあんな態度を?」

『実は京華さんは、おじいさま公認で雅孝さんとずっとお付き合いをされていたんです。ですから私はてっきりおふたりが結婚するものだと思っていたので……』

うしろから頭を殴られたのかと思うほどの衝撃を受けた。呼吸がうまくできず、肺に空気が溜められない。

『雅孝さんがアメリカに行くのが決まったからか、京華さんが、社長が勧めていた別の方とお見合いしてもいいと言い出しまして……』

そのとき、ふたりがどんなやりとりを交わしたのかは知らない。けれど、昨日の感じからするとお互い嫌い合ったりしたわけじゃなさそうだ。

『すみません、八つ当たりでした。離婚が成立するまで京華さん、本当に大変だったんです。やっと離婚して帰国できたと思ったら、雅孝さんが灰谷会長が勧めた相手でもない方と、あまりにも突然の結婚をなさったと聞いたので』

たしかになにか事情があったと思うのが普通かもしれない。

『誤解なさらないでくださいね。京華さんは雅孝さんを今は昔馴染みだと思っていますし、あなたのことも大切だと話していたので、けっしておふたりの邪魔をするつもりはないんです。私が早とちりをして』

「わかっていますよ、大丈夫です」

必死でフォローしようとする山下さんに力強く言い切る。何度も謝られて電話を切ったあと、私はしばらく混乱していた。

学生の頃から雅孝に彼女がいるとは思っていたけれど、その相手が京華ちゃんだなんてまったく知らなかったし、気づけなかった。

坂野さんのときみたいにおじいさまに言われたからなのかと思ったが、ふたりの関係は対等で親密そうなのが伝わってきた。

『俺と付き合わないか？』

あれは雅孝がアメリカに行く前の話だ。山下さんの話によると、その頃に京華ちゃんは別の人を選んだ。

もしかして雅孝にとって私は彼女の代わりだった？　それとも寂しさを埋めるため？

その考えに至り、慌てて否定する。あくまでも昔の話だ。でも……。

『だから、そんな結婚はやめておけって言ったんだ』

『今度はノーとは言わせない』

雅孝はあからさまに不幸になりそうな結婚をする私を、止められなかった京華ちゃんに少なからず重ねたのかな。

『そういえば、雅孝って花言葉とかカクテル言葉とかよく知ってるよね』

『知り合いの影響だな。俺自身はそこまで詳しくない』

『うん。私ね、宝石言葉とか花言葉とかそういうのが大好きなの』

そんなふうに影響を受けるくらい、ふたりは同じ時間を過ごしてきたんだ。

自分がこんなにも嫉妬深かったことに驚く。この感情を振り払いたくて仕事に気持ちを切り替えた。

けれどさっきから悪寒が止まらない。余計な考えはすべて排除し、目の前のパソコン画面に再び向き合う。淹れた薔薇の紅茶はすっかりぬるくなり、匂いも消えていた。

「わかな、大丈夫か？」

「雅、孝」

おもむろに目を開けると、心配そうに私を見下ろしている雅孝が目に入る。いつの間にか彼はすっかり寝支度を整えていた。

そっと額に手を当てられ、彼の手の感触に今の状況を思い出した。なんとか仕事を終えたものの寒気が消えず、のろのろと夕飯の支度をして帰ってきた雅孝を迎えたあと、少し頭が痛いと言って先にベッドで休ませてもらっていた。

「熱はないみたいだが、しんどそうだな」

私は小さく頷く。

「ごめん。ちょっと調子悪いみたい。頼まれていたデータのまとめ、明後日でもいい？」

「当たり前だ。今は仕事を気にしなくていいから、とにかく休め」

やや怒った口調で雅孝は命令してくる。しかしその勢いはすぐに消えた。

「悪かった。昨日、やっぱり無理させたな」

「違、う」

神妙な面持ちになる彼に掠れた声で否定する。体調管理をちゃんとできていない私自身の問題だ。

雅孝は私を労るように頭を優しく撫でた。

「俺はリビングのソファで休むから、わかなはここでゆっくり眠ったらいい。なにかあったらスマホを鳴らせよ」

そう言って離れていこうとする彼のシャツの裾をとっさに摑む。

「わかな？」

あまりにも意外だったのか、雅孝が目を丸くする。それは私も同じだ。自分の行動が理解できない。

もしも風邪なら雅孝に伝染《うつ》すわけにはいかない。彼はまだしなくてはならない仕事が残っているかもしれないのに。

わかっているけれど、正直な気持ちがあふれ出す。

「行かないで。そばにいてほしいの」

困らせるのも煩わせるのも本意じゃない。不安になっていたら、雅孝は私と目線をしっかり合わせてきた。

「仰せのままに、姫」

余裕ある笑みを浮かべ、彼はそっとベッドに入ってくる。すかさず体を横にずらそうとしたが、雅孝の腕が背中に回され、彼の方に引き寄せられた。

いつもみたいな強引さはなく、すっぽりと彼の腕の中に収まる。雅孝の顔はよく見えないが私は戸惑いながら彼の胸に顔をうずめた。

伝わってくる体温、鼓動、匂い、すべてが私の心を落ち着かせていく。手放したくない。

「ごめん、ね」

「謝るな。むしろわかなが素直に甘えてくれて嬉しいんだ」

大きな手のひらが髪を滑って心地いい。

『じいさんに言われなかったら、俺はわかなと結婚していなかった』

雅孝と入籍するとき、婚姻届はいざ知らず婚約指輪まであんな短時間で用意していたことに驚いた。あのときはそれどころではなく突き詰めなかったものの、もしかして前から彼が用意していたものだったら。それは私のためではなくて……。

さらには、雅孝から甘い言葉をたくさんかけられたりしたが、意図しているのか、いないのか「好き」と言ってもらってはいないと気づく。

それがなに？

こんなふうにマイナス思考になるのは、この体調のせいだ。気になるのなら、早く回復して雅孝とちゃんと話すべきだ。私たちは夫婦なんだから。

少しだけ頭痛が治まってきた。どんな薬よりもきっと効果がある。

雅孝の存在を感じながら、ゆるやかに夢の世界に旅立った。

第六章　今も昔も君だけをずっと

翌朝目覚めたら、本調子ではないが、昨日に比べたらだいぶ体調は回復していた。

雅孝は、極力早く帰ってくるから無理をせず休んでおけと念押しして出社していき、私は苦笑しつつパソコンの前に向かう。

しかし、キーボードを打とうとすると立ちくらみに似た感覚に襲われ、手が止まった。さすがにまだ仕事をするのは厳しいかもしれない。

あきらめてソファにごろんと横になり、天井を視界に映す。仕事をしていないと、余計な考えに支配されそうで怖い。けれど今は思考回路も鈍くなっていて、しばらく頭を空っぽにしてぼんやりと過ごした。

いつの間に眠っていたのか、スマホの呼び出し音で目を開け慌てて画面を確認する。ディスプレイには【株式会社ヴィンター・システム】と表示されていた。何事かと不安に駆られつつ声の調子をすぐに整え、通話ボタンを押す。

用件は退職時の必要書類で渡しそびれていたものがあったらしい。郵送か会社に取りに来てもらえるかといった内容だった。悩んだ末、会社に取りに行く旨を伝える。

電話を切り、時計を見ると時刻は正午過ぎ。今から出かけても夕方には帰ってこれるだろう。

久しぶりに元同僚たちに会いたい気持ちもあった。退職するとき、厚彦さんからの口止めもあって彼との結婚は伝えず家庭の事情とだけ伝えると、引き止めてくれる同僚が多くて、つくづく仕事にも人間関係にも恵まれたと感じた。

それからできるのならパーティーの際に会えなかった社長にも会いたい。彼には感謝しているし、思うところがあるにしろあんな形で厚彦さんとの結婚をだめにしてしまったのを直接謝罪したい。

化粧を直して、念のため頭痛薬を飲んでマンションをあとにする。途中で有名パティスリーに立ち寄り、焼き菓子の詰め合わせを差し入れにと購入した。念のため雅孝にメッセージを送っておく。出かけていると知ったら彼も無理してそこまで早く帰ってこないだろう。今は大事な時期だし、仕事に集中してほしい。

様々な思いを胸にヴィンター・システムに到着する。秘書課に顔を出すと先に連絡をしておいたからか私の登場はそこまで驚かれなかった。しかし久しぶりの再会は思った以上に盛り上がり、差し入れしたものもすごく喜ばれた。

事務手続きはあっという間に終了した。社長の所在をそれとなく尋ねたら、休みを取っていると聞かされる。なんでも一か月前に職場で倒れたそうで、命に別状はなかったものの体調や治療の関係で、出社が不定期になっているそうだ。

社長の身を案じる一方で罪悪感に駆られる。直接の原因ではないかもしれないが、厚彦さんの一件で、心労をかけたのは間違いない。

私の立場でお見舞いに行くのは、さすがにまずいよね。

肩を落として職場を去ろうとしたら、入口のところで見知った人物が目に入った。

「厚彦さん」

スーツを着た厚彦さんが、無表情でこちらをじっと見つめていた。私と目が合い、かすかに口角を上げる。

「久しぶり。父は今日、会社には来ていないんだ」

「ええ。聞きました。……あの、社長のお加減は？」

やはり彼と話すのはどうしてもぎこちなくなってしまう。しかし聞かずにはいられない。

「大丈夫だ。年も年だからしょうがない。君に会いたがっている。会ってやってくれないか？」

「え？」

思わぬ提案に目を見張る。

「時間があるなら連れていくが」

逡巡して、すぐに答えられない。しかし彼を待たせるとまた不機嫌に責め立てられる気がした。

「お願いします」

決断して、私は頭を下げた。会社に来て会えないのなら自宅に行くしかない。ここは厚彦さんの厚意に甘えよう。社長も私と話したいと思っているのなら尚更だ。もしかすると恨み節を聞かされるのかもしれないが、それでもかまわない。ある意味、これが最後だ。

会社に停めてある厚彦さんの車に乗り込む。何度か乗せてもらったことがあるが、いつもこの助手席で緊張していた。数回食事を共にしたが、デートという甘い雰囲気も楽しさも微塵もなかった。けれど、それは相手も一緒だったのかもしれない。

「ほら、飲めよ」

「あ、すみません」

厚彦さんから手渡されたのは、キャップ付きの缶コーヒーだ。キャップを緩めた状態にしてあり、正直彼からこんな気遣いは初めてで面食らう。

パーティーでの一件もあり、てっきり彼は変わらずに私を憎んでいると思った。そういえばあのときも社長の代わりに彼が出席していた。

社長は大丈夫だろうか。厚彦さんと一緒に顔を出すのが、いいのか悪いのか。彼に尋ねようとして口をつぐむ。いつもなにかを話しかけたら迷惑そうな顔をされ、黙っていたら人形なのか？　と冷たく言われる。

沈黙を誤魔化すために私はもらった飲み物に口をつける。中身はブラックで予想していたより苦い。けれど出されたものは全部、いただかないと。

頭に過ぎった母の教えを忠実に守り、私は苦みで眉をひそめつつ喉を潤していく。

それにしてもブラックってこんなに苦かった？

『わかなはカフェオレというよりミルクコーヒーだな』

雅孝がおかしそうに指摘しながらも、コーヒーの味を私好みに調整してよく淹れてくれた。

運転席をちらりと見る。隣にいるのが雅孝ではないのが不思議だった。まだ結婚して二か月ほどなのに、いつの間にこんなにも雅孝がそばにいるのが当たり前になったんだろう。

社長のお見舞いをして、早く帰ろう。

改めて気を引き締める。続けて雅孝に再度連絡をしておこうとスマホを鞄から取り出そうとした。

隣でスマホを操作するなんて、厚彦さんになにを言われるだろう。でも彼はもう婚約者でもなければ、借金の件でうしろめたさを感じる必要もない。

それでも一言断りは入れるべきかと、声をかける。

「あの」

しかし言葉を発した瞬間、目眩を起こして私は背もたれに体を預けた。頭が重たくてふらふらする。急激に意識が沈みそうになり怖くなった。

とにかく雅孝に一言……。

考えられたのはそこまでだった。手に持っていたスマホが滑り落ちる感覚があるのに、体が動かない。ふっとなにかが切れるように私の視界はブラックアウトした。

「おい！」

突然大きい声で呼びかけられ、体がびくりと震えて目が開いた。ところが、すぐに体を動かせない。床に寝転がされている状態だと気づき、私を見下ろす人物に目を向ける。

「厚、彦……さん」

「寝汚《いぎたな》い女だな」

嫌悪感あふれる眼差しと口調に、彼はやっぱり変わっていないと確信する。けれど、今はそこを再認識している場合ではない。

彼に切れ切れに尋ねる。

「こ、こは？」

「俺のマンションだよ」

端的な回答に混乱する。

社長の元へ連れていってくれるのではなかったのか、なぜ彼のマンションなのか。

次々に疑問が湧き起こるが、脳に靄がかかっているみたいでうまく考えがまとまらない。

そもそも自分の状況さえどうなっているのか。体が鉛のように重いのは、なぜ？

「思った以上に薬が効いたみたいだな。誘拐されたんだ、君は」

さらに予想もしていない発言が彼から飛び出し、目を剥く。

「え？」

薬って？　もしかしてさっき渡されたコーヒー？

たしかに異様に苦かった。あれを飲んだあとに強制的に意識を失った気がする。キャップをわざわざ彼が緩めた状態で手渡してきたのは、先になにかを入れていたのを誤魔化すため？

体が思ったように動かせない。誘拐って？

厚彦さんは腰を落としパニックに陥りそうな私との距離を詰めると、口角をニヤリと上げて不快な笑みを浮かべた。

「ここを借りているのは誰も知らない。少なくとも夜には君がいなくなったと気づいた旦那が慌て出すんじゃないのか」

誘拐と言ったのは冗談ではないらしい。わからない。彼がなにをしたいのか、まったく理解できない。

「父がね、俺にはヴィンター・システムを継がせないと言ってきたんだ」

表情だけで伝わったのか、厚彦さんは皮肉めいた笑いを浮かべ語り出す。

精いっぱいの力を振りしぼり、私は上半身を起こした。

「で、どうすると思う？　株式譲渡をしてGrayJT Inc.の傘下に、灰谷雅孝に任すと言ってきた。役員たちも納得済みだと」

初めて知る事実だった。けれど雅孝は私の借金の肩代わりについて冬木社長とやりとりしていたみたいだし、そういう話でまとまってもおかしくはない。

冬木社長自身も、どこか厚彦さんを後継者とするのを迷っていた節もあった。だから会社を継がせるのも私と結婚するのが条件だと言ったのだろう。そんな社長の思いが彼にどこまで伝わっているのか。

「まったく、やってられないよ。付き合っていた彼女たちは俺が会社を継ぐ可能性がないとわかった途端に去っていった」

〝彼女たち〟と複数なのが、彼の不誠実さをよく表している。この前、パーティーで一緒だった彼女もその場限りだったのだろう。

「雅孝にヴィンター・システムを手放せと説得するために？」

私を誘拐なんて馬鹿な真似をしたのだろうか。この行動に至った動機を必死に探る。

しかし厚彦さんは鼻を鳴らした。

「いいや。仮に彼がヴィンター・システムから手を引いたとしても、父は俺に跡を継がすつもりはないらしいから」

「なら、どうして？　下手したら警察沙汰ですよ」

「警察沙汰？　上等だよ」

予測がはずれ素直に問いかけた私に対し、厚彦さんは間髪をいれず自嘲的に返してきた。

「むしろ警察沙汰になってほしいくらいだね。そして動機を聞かれたら俺はこう答えるよ。『婚約者を結婚直前に奪われて、どうしても彼女をあきらめられなかったんだ』って」

本気で言っているわけじゃない。けれど事態を大きくしたら……。

彼は私の頤に手をかけて、強引に自分の方へ向かせ、声をあげて笑った。

「世間は面白おかしく言うだろうな。同じ業界で人の婚約者に手を出して略奪なんて。いいスキャンダルじゃないか。彼の設立する会社はずいぶんと前評判がいいみたいだが、こうなったら関係者はどう思うか」

さっと血の気が引いて、視界が揺れた。触れられているところから嫌悪感が広がる。

「やめて……やめてください」

絞り出す声で懇願する。

やっと厚彦さんの考えが読めた。自暴自棄になった彼は、自分がヴィンター・システムの後継者になるためにどうすればいいのかなどではなく、雅孝の足を引っ張るのを最優先に考えているんだ。

「彼は関係ありません。こんなことをしたって」

そこで彼に顎を持ったまま床に投げつけるように倒される。

「いっ」

「黙れよ」

頭を打ちつけた衝撃で眉をひそめた。

「そもそも君が彼を巻き込んだんだろう。おとなしく俺と結婚しておけばよかったものを。彼にも同情するよ。とんでもない疫病神だな」

憎しみのこもった声と蔑む眼差しに、なにも言えない。しばらくして厚彦さんは部屋から出ていった。

再び体を必死に起こす。

今、何時？　早くここから出ないと。

体を引きずってなんとか部屋のドアまで辿り着くが、鍵がかかっていて開かない。

当然といえば当然かもしれないが、厚彦さんの本気に恐怖を覚える。

持っていたバッグも見当たらず、スマホも手元にない。ずるずるとその場にへたり込んだ。

どうしよう。どうしたらいい？

取り乱しそうになるのを、深呼吸して懸命に冷静さを保つ。

叫んでも無意味そうだし、高層マンションなのか大きな窓も見当たらない。

雅孝がマンションに帰ってきたとしても、出かけると伝えてあるし、少なくとも夜までは私が帰らなくても気にならないだろう。

逆に、それまでにはなんとかしないと。きっと心配させる。

『そもそも君が彼を巻き込んだんだろう』

厚彦さんの言う通りだ。私があの日、雅孝の手を取ったから……意地でも突っぱねていたら、こんな事態にはならなかった。

視界が滲みそうになり、慌てて堪える。少しでも体力を温存しておかないと。

私は体を横たわらせた。

薬が抜けるのはいつだろう。出かける前に飲んだ頭痛薬との飲み合わせもこの気分の悪さに拍車をかけているのかもしれない。

フローリングの床は冷たくて硬い。ここ最近、ずっと雅孝と同じベッドで彼に抱きしめられて眠っていたから、今の状態が余計に身に染みる。

私、大事にされていたんだ。それなのに……。

せめて、雅孝に頼まれていた資料のまとめを仕上げておけばよかった。中途半端なままで出てきてしまった。

それから体調を崩して昨日は作りそびれてしまったけれど、前に雅孝が美味しいと気に入ってくれたナスとミートボールのトマト煮込みの材料を買っている。作っておけばよかったな。

小さな後悔がチクチクと胸に刺さって、目の奥が熱い。

厚彦さんとの結婚から逃げ出したかったのも本当。けれど誰でもよかったわけじゃない。雅孝だから……雅孝が好きだから彼を選んだ。

「好きって言っておけばよかった」

彼にも言われていないが、私も口にしていない。ずっとどこかで言うのをためらっていた。触れ合って距離を縮めても、雅孝が私の気持ちを受け止めてくれるかどうか不安だったから。

『彼にも同情するよ。とんでもない疫病神だな』

目の端に溜まった涙が滑り落ちて、フローリングを濡らした。

『だからもう泣くな。泣くなよ、わかな』

ごめんね……雅孝の言葉があったからずっと頑張ってきたけれど、もう無理みたい。

どれくらいそこで過ごしていたのか。窓の外から差し込む光はほぼなくなり、部屋はすっかり薄暗い。薬も抜けてきたようで、少しだけ気分も楽になってきた。

ドアの開く音がして視線を向けると、厚彦さんがビニールの手提げ袋を持って近づいてくる。それを私のそばに投げ捨てた。

「ほら。さすがになにも与えないほど俺は鬼じゃない。なんたって君は大事な元婚約者なんだから」

そういう設定にする話で本心ではないのは嫌でも伝わる。袋の中にはおそらく食べ物が入っているのだろう。たしかに昼食もほとんど食べていないが、この状況でなにかを口にしたいとは微塵も思わない。ましてや彼には一度、薬を飲まされている。

目だけ動かし、そのままの体勢を崩さずにいた。起き上がれるが、彼に薬が抜けかけているのが知られたら、どんな対応をされるかわからない。

しばらく間が空き、反応を示さない私に苛立ったのか厚彦さんは乱暴に私の肩を摑んで上半身を起こさせた。

「言うことを聞けよ。自分の立場をわかっているのか？」

摑まれている箇所に無遠慮に力が込められ、痛みで顔を歪める。彼の表情には心なしか焦りもあった。

「なんならあの男と別れて俺と結婚するって言うなら考えてやってもいい。それでどうだ？」

早口で提案された内容に、目を見張る。

「君は思ったより優秀みたいだしな。あの男から君を奪ったら、それはそれで気分がいい」

結局、この人にとって私はモノでしかないんだ。自尊心を満たすための道具で、私の気持ちや考えなんてどうでもいい。ひとりの人間としてさえ見ていないんだ。

でも……。

「どうする？　俺と結婚するなら全部許してやってもいい」

一瞬、私の心が大きく揺れる。

ところが次の瞬間ドアが勢いよく開き、人の気配を感じた。現れた人物に驚きが隠せずにいると、目の前にいたはずの厚彦さんが視界から消える。

「ふざけんな！　そんなことさせるわけないだろ」

なん、で？

珍しく感情を露わにした雅孝がそこにはいて、彼が厚彦さんを殴り飛ばしたのだと気づく。とはいえ事態が呑み込めない。

夢でも見ているの？

「わかな、大丈夫か？」

けれど、切羽詰まった表情で私をうかがってくるのは、間違いなく雅孝本人だった。

大丈夫だと答えようとするが、それよりも先に熱いものが込み上げてきて声にならない。

「どうした？　なにかされたのか？　体調は？」

そんな私を見て雅孝は心配そうに尋ねてくるが、やはりなにも言葉にできない。その代わり首を横に振る。とめどなく涙があふれ出す私を雅孝は強く抱きしめた。

慣れ親しんだ彼の温もりに、心底ホッとする。

「悪かった。なにがあっても俺が必ず守るって言ったのに」

彼は申し訳なさそうにしつつ私の頭を優しく撫でる。雅孝はなにも悪くない。大げさかもしれないが、もう二度と会えないかもしれないと思った。厚彦さん自身はもちろん、それが一番怖かった。

そのとき倒れていた厚彦さんがうめき声をあげて体を起こしたので、反射的に私は肩を震わせる。それを察知した雅孝が私を守るように強く抱きしめた。

するとさらに誰かがこの部屋に入ってきた。

「よかった。とりあえずなんとか一発くらいで済んだみたいだな」

「これなら暴行罪にはならないでしょう。示談書は用意してきていますから」

宏昌さんと、もうひとりの男性は初めて見る。宏昌さんと同い年くらいで、ダークスーツを身に纏い、眼鏡をかけた理知的な雰囲気の人だ。

ふたりの男性の登場に、雅孝はそっと腕の力を緩めた。よく見ると、雅孝もスーツ姿で、おそらく仕事から帰って着替えずに今に至るのだろう。

「初めまして。弁護士の槙野です。大丈夫ですか？　今はお気持ちも落ち着いていないでしょう。お怪我は？」

槙野さんの名前だけは聞いた覚えがある。灰谷家が懇意にしている弁護士でおそらく私の借金についての処理や手続きもいろいろ請け負ってもらったのだろう。

お礼を言いたいが、今はそんな余裕もない。

「大、丈夫です」

やっと出せた声は掠れていた。そこで私はもうひとりこの場にやってきた人物に気づいた。

「社長……」

「藤峰くん、このたびは本当にすまない」

私と目が合ってすぐさま相手は深々と頭を下げた。厚彦さんの父であり、私が秘書を務めていた冬木社長だ。スーツではなく私服で、どこかやつれた感じがある。

「あの、体調を崩されたと」

私の言葉に冬木社長は複雑そうに微笑んだ。

「私の心配をありがとう。このたびは息子が本当に申し訳ないことをした。いや、その前から……息子可愛さに君には無理をさせた。つらい思いをしているのもわかっていたんだ」

謝罪を口にする冬木社長は、私と力なく呆然としている厚彦さんを交互に見遣った。

「この落とし前はきっちりつけさせる。本当に悪かった」

今にも土下座しそうな勢いだが、冬木社長がそこまでする必要はない。

「とりあえず、こんなところにこれ以上いる必要はない。あとは兄貴や槙野さんに任せておけ」

そう言って雅孝が私を抱き上げる。いつもなら抵抗するところだが、今日は彼にしがみつき素直に身を委ねた。

「藤……いや、わかなさん」

玄関に雅孝が足を向けると、冬木社長に呼び止められた。

「こんなこと私が言えた義理ではないが、結婚おめでとう。雅孝くんは信頼できるいい青年だ」

私は軽く会釈したが、雅孝はさっさと歩を進める。外はすっかり暗くなっていて見慣れた車がマンションのそばに停まっていた。運転席には川瀬さんが待機している。近づくと川瀬さんが運転席から降りてきて、後部座席のドアを開けた。

「川瀬さん、お待たせしました」

「奥さま、大丈夫でしたか？」

川瀬さんは顔面蒼白だった。彼にも心配をかけたらしい。私の代わりに雅孝が答える。

「ひとまずは。ちなみに川瀬さん、このことは」

「承知しております、他言無用ですね」

雅孝が念押しする前に川瀬さんが静かに頷く。この分なら警察にも連絡していないだろう。胸を撫で下ろしていると車はさっさと走り出した。

「本当になにもされていないのか？　病院に行くか？」

「ありがとう、大丈夫」

薬もほぼ抜けて、調子も戻ってきた。今は妙な高揚感に包まれ現実感がいまいち湧かない。どうしてここがわかったのか雅孝に聞くと、彼は説明を始める。

夕方にマンションに帰宅した雅孝だったが、私からのメッセージを読んでいたとはいえまだ帰っていないのを不思議に思い、一度電話したんだとか。

当然出るわけもなく、一抹の不安を覚え思いきって冬木社長に確認の連絡をしたらしい。

冬木社長からヴィンター・システムに確認してもらうと私はとっくに会社を出たとの話で、不審に思った冬木社長がさらに詳しく尋ねると厚彦さんと入口付近で話しているのを見たと聞かされ、不安が確信になったそうだ。

「冬木社長から、『会社を継がせないことを話してから息子の様子がおかしかった』って言われたのもあって、そのまま探すのを協力してもらった」

「そう、だったんだ」

厚彦さんの借りているマンションはGrayJT Inc. の力を使えば、いくつか候補を絞り込むのが可能だったそうだ。

「兄貴が、下手したら俺が相手を半殺しにするんじゃないかって心配して槙野さんも連れてついてきたんだ」

宏昌さんは『身内から犯罪者を出させるわけにはいかない』と冗談っぽく言っていたそうだが、本当は弟が心配だったのだろう。

今度は私から事情を説明する。会社で厚彦さんに会い、彼の車に乗った経緯。渡されたコーヒーを飲んで意識を失い、しばらく体が動かせずにいたことなど。それを告げた途端、雅孝はやっぱり病院に連れていくと言い出すので、なんとか大丈夫だと説得する。

川瀬さんが私たちをどこに送り届けるべきなのか困惑し始め、雅孝は渋々マンションに向かうよう指示した。

雅孝はずっと私の手を握ったままで、私も無理に振りほどかない。さっきまでどこにいるかもわからない場所で、ひとり絶望に包まれていたのに、今は雅孝が隣にいて、安心する。

マンションに戻ったときには午後九時を過ぎていた。

疲れと空腹により玄関でへたり込みそうになる私を雅孝は抱き上げて、そっとリビングまで運ばれる。ソファに下ろされると、雅孝は腰を落とし真正面から私と視線を合わせてきた。

「なにか食べるか?」

彼の問いかけにかぶりを振った。

「いい。でも、飲み物は欲しい」

「わかった」

雅孝は優しく微笑むと、立ち上がってキッチンの方へ消えていく。彼のうしろ姿を見つめながら背もたれに体を預け、大きく息を吐いた。

雅孝はなんでもないかのように話したけれど、きっと厚彦さんのマンションに辿り着くまでたくさんの心配や迷惑、労力をかけさせたに違いない。

しばらくして雅孝がキッチンからマグカップを持って戻ってきた。

「ほら」

「ありがとう」

素直に受け取る。甘い香りが鼻孔をくすぐり、チョコレート色の液体が揺れている。おそらく中身はココアだ。

空腹かつ時間帯を考慮してなのだろう。口をつけるとホッとする味と温かさだった。

雅孝は私の隣に腰を下ろし、こちらをじっと見つめてくる。こう見られるとなかなか飲みづらい。

横から感じる視線から意識を逸らすため、逆にココアを飲むことに集中した。そして半分ほど飲んで一息ついたタイミングで雅孝が口火を切る。

「あいつになにをされた?」

低く凄みのある声で問いかけられ、硬直する。彼と目を合わせないままカップをテーブルの上に置いた。

「なに、も。基本的にほったらかされてたよ」

心配をかけまいと極力明るく答える。ところが、雅孝の指が私のこめかみあたりの髪を掻き上げた。

「なら、この痣はどうしたんだ？」

反射的に雅孝から距離を取り、すぐさま髪でその部分を隠す。

「これは……」

指摘され気づく。おそらく厚彦さんに床に倒されたときにできたものだ。でも正直に言ったら、雅孝はどんな反応をするだろう。

答えられずにいたら、雅孝が眉をひそめてため息をついた。

「やっぱりあと二発くらい殴っておくべきだったな」

「やめて！」

即座に答えた私に雅孝は眉間の皺をより深くする。

「なんで、あいつを庇う？」

「庇ってるわけじゃない」

厚彦さんの目的は雅孝の失脚で、そんなことをしたら彼の思うつぼだ。冗談だとしてもつい反応してしまった。

「私のせいで……迷惑かけてごめんね」

さすがに今回の件に関しては自分を責めずにはいられない。

「謝るな。わかなはなにも悪くない」

雅孝は私を労るように優しく抱きしめた。

「いいんだ、俺たちは夫婦なんだから。わかなのためならなんだってする。わかなが俺の元に無事に戻ってきてくれて、本当によかった」

心底安堵したという物言いに涙がこぼれそうになる。

ああ、やっぱり私は雅孝が……。

「好き」

想いがあふれて、ついに長年言えなかった気持ちを言葉にする。

雅孝が私を抱きしめる力を緩め、たしかめるように顔を覗き込んできた。彼は信じられないといった面持ちだ。だからはっきりと彼の目を見て再び告げる。

「私ね、雅孝がずっと好きだったの」

やっと伝えられた安堵感と、困らせるのではという不安が入り乱れる。

「本当に？」

尋ねられたのと強く抱きしめられたのはほぼ同時だった。

「ずっとっていつから？」

切羽詰まった声でさらに問いかけられるが、彼の気持ちも質問の意図もわからない。

「いつからって……」

どう答えたらいいのか悩んでいると、おでこをこつんと重ねられ至近距離で見つめられる。雅孝の表情は怖いくらい真剣だった。

「俺は、出会ったときからわかなは特別だった。わかなだけを想い続けていたんだ」

一瞬で頭が真っ白になる。彼はなんて言ったの？　だって……。

「なんで？　雅孝はおじいさまに結婚を言われたから私と結婚したんじゃないの？　それに京華ちゃんとは？」

私の反応が気に入らなかったのか、雅孝はしかめっ面になった。

「どうして京華が出てくるんだ？　それにじいさんに言われたって……」

こうなってしまってはすべて話すしかない。宏昌さんとの会話を聞いたことや、山下さんから告げられた内容などを手短に説明していく。本当はもっと早くに向き合うべきだったけれど。

「違う。わかなは勘違いをしている」

私の話を聞き終えすぐさま雅孝の口から紡がれたのは、否定の言葉だった。

「京華とは結婚どころか、そもそも付き合っていないし、じいさんの件もわかなが思っている意味じゃない」

だったら山下さんの話は？　宏昌さんとのあの会話は？

訳がわからないでいる私の頬を、雅孝が優しく撫でた。

「言っただろ、俺が好きなのは昔からずっとわかなだけだよ。結婚したいと思っていたのも」

雅孝は再び私を腕の中に閉じ込める。

「わかなが好きであきらめられない一方で、俺は灰谷家の人間だから自由にならないことがあるのもよくわかっていた」

それは私も母から聞かされていた。当事者の雅孝はもっと多くのしがらみと重圧があったのだろう。

「それにわかなも幼い頃とは違って常に俺に対して一線引いていたから、てっきり俺とは距離を置きたいんだと思ってた」

雅孝の言い分は、ある意味正しかった。

「母に……ずっと言われていたの。雅孝を好きになったらだめだって。雅孝はおじいさまの決めた相応しい人と結婚するから、想ってもつらい思いをする。京華ちゃんみたいな人と結婚するんだって」

言い訳めいた口調で母から言われ続けていた内容を伝える。すると雅孝が不安を取り除くように私の後頭部を優しく撫でた。

「それで、わかななりに気を使って俺から離れていたのか。……なら、俺の告白を断ったのも？」

「告白？」

それは、毎回冗談めいて『付き合おう』って言ってきたこと？

身に覚えのない様子の私を見て、雅孝はぶっきらぼうに続ける。

「アメリカに行く前。今までとは違って真剣に付き合わないかって言ったのに即座に拒否しただろ」

『俺と付き合わないか？』

『付き合わない』

たしかに自分でもかなり冷たい態度を取った自覚はある。

「だって、あれは」

「いい。わかったから。軽く言いすぎて信用してもらえてなかったんだよな。でも、けっこうショックだったんだ。〝絶対に〟とまで言われて」

怒ってはいないみたいだが、雅孝は苦々しく笑う。

『雅孝とは付き合わない、絶対に』

言われてみると、念押しするように告げた。あのときのやりとりがリアルによみがえり、胸が苦しくなる。

「雅孝が好きだから傷つきたくなかった。重いって思われても結婚も考えずに割り切って付き合うなんて無理だって……」

私の返答に雅孝は、改めて私の顔を覗き込んでくる。

「好きって……いつから？」

さっきは答えられなかったが、今なら言える。

はっきりと彼の目を見て意を決した。

「私も出会ったときから、雅孝が泣くのを我慢していた私に気づいて寄り添ってくれたときから、ずっと特別で大好きなの。でもお母さんに言われて、住む世界が違うんだからあきらめないとって思っていたから……」

最後は声が詰まってうまく伝えられない。

「でもあきらめられなかった。だから余計に雅孝に心を傾けるのが怖くて、ずっと避けていたの。……ひどい態度を取ってごめんね」

心の内を吐き出すと、雅孝が私の頤に手をかけ真剣な眼差しを向けてきた。

「俺がずっとはっきりさせなかったのが悪かったんだ。でも、もう離さないし不安にさせない。わかなだけなんだ。誰よりも幸せにしてみせるから、これからも俺のそばにいてほしい」

瞬きするたびに涙が瞳からこぼれ落ちた。雅孝の言葉一つひとつを噛みしめ胸に刻んでいく。

「うん……うん。私も雅孝のそばにいたい」

涙でうまく言葉が紡げない私に雅孝が優しく微笑む。

「わかながいつも自分の選択に責任を持って、全部ひとりで受け止めて解決しようとする性格なのもわかっている。ただ、なにもかも抱え込まなくていい。つらいときは頼って、甘えてほしいんだ。弱いわかなも含めて全部好きで、愛している。大事にしたいんだ」

雅孝はこつんと額を合わせてきた。

「俺たちは夫婦で、俺はわかなの夫だ。しっかり頼って、甘えてもらわないと」

彼の瞳に映る自分の姿を見つける。

『そうしたらきっと――わかながつらいときに手を差し伸べて寄り添ってくれる人が現れるから』

お父さんの言う通りだ。いつも私に手を差し伸べてくれる彼は、ずっと私を見てそばで支えていてくれた。

本当に……雅孝には敵わない。

「大事に……してほしい。私も雅孝を大事にするから」

「もちろん。世界で一番幸せにしてみせる」

いつもの調子であまりにも余裕たっぷりに答えるので、つい笑みがこぼれた。そして目を閉じてどちらからともなく唇を重ねる。

『そっか。じゃあ、雅孝が結婚してくれる？』

『か、考えといてやってもいい』

あれから考えてくれたの？　それともあのときに決めてくれたの？

このキスが終わったら聞いてもいいのかな？

『花嫁さんは、世界で一番幸せなんだって。私もなりたい』

あのときの願いを彼自身が叶えてくれたんだ。雅孝じゃないときっと叶えられない。

軽くシャワーを浴びて寝支度を整えてから、雅孝とふたりで向き合う形でベッドに横になった。体は疲れているはずなのに、眠気はあまりない。

電気をつけたまま雅孝は乾かしたばかりの私の髪に指を通し、髪先を楽しそうに弄っている。

「京華とは、頼まれて付き合っているふりをしていたんだ」

「ふり？」

さっきの話の続きを促していたら、彼から意外な発言が飛び出し、ついおうむ返しをした。

雅孝によると京華ちゃんはそれなりに普通に恋愛をしてきたらしいが、彼女の家柄から両親の認めた人物以外との交際を認めてもらえるはずもなく、その彼と会うのに雅孝と会うと言って出かけたりしていたんだとか。

それが学生の頃からだというから、つくづく京華ちゃんも制約された中で育ってきたようだ。その点、雅孝は京華ちゃんの祖父の知り合いでもあり、両親のお眼鏡にも適った。

お互いにある程度交流していると言えば、他の相手を無理に紹介される煩わしさから免れ、雅孝にとっても都合がよかったらしい。

「京華は、俺がわかなをずっと想っているのも知っている。だからあいつにとってわかなは身近に感じていたのかもしれない」

「そう、なんだ」

けれど結局、京華ちゃんは決められた相手と結婚したんだ。

「でも京華が結婚を決めたのは、相手の顔がもろにタイプだったからだぞ」

「へ？」

しんみりしていたら、あまりにも俗っぽい理由を聞かされて間抜けな声が漏れた。

「アメリカに行くのが決まって、お互いに年齢も年齢だしこの関係を続けるのも限界だったんだ。そんなとき京華が、祖父の引き合わせた相手があまり感じのいい男ではなかったけれど、顔が好みだから結婚するって言い出して……忠告のひとつもしたくなるだろ」

『だから、そんな結婚はやめておけって言ったんだ』

『本当、あのとき雅孝くんのアドバイスを聞いておくんだった』

レストランでのやりとりは、そういう意味だったらしい。

雅孝はあきれた口調で続ける。

「でも京華も言っていたように、こんな形で離婚したからには必要以上にもう周りにあれこれ言われないんじゃないか？」

『でも一度、失敗したから次は口を出されないと思うの』

もしもそこまでが京華ちゃんの狙いだとしたらすごすぎる。

ちなみに京華ちゃんとの関係を解消するときに彼女に背中を押され、雅孝は私に付き合わないか？　と言ってきたらしい。

さらにはもしも私がイエスと言ったら、その場で結婚の約束をしようと指輪まで用意していたんだとか。つまり入籍前に彼にはめてもらった婚約指輪は、最初から私のために準備していたらしい。

そこまでの決意があったとは露ほど思わなかった。

「あの言い方じゃ……わからないよ。いつも冗談交じりに言ってたし。雅孝の気持ちだって」

さっきは自分の態度を詫びたが、真剣に告げたとはいえ雅孝だって言い方が曖昧すぎる。唇を尖らせてそう返すと、なだめるように額に口づけが落とされた。

「そうだな。ずるい言い方をした。ずっと脈なしだと思っていたし、逆に本気で好きだと告げて幼馴染みのわかなまで失いたくなかったんだ。だからいつも軽くにしか付き合おうって言えなかった」

そんなふうに白状されたら、これ以上は責められない。

「誰にでも言っているのかと思った」

「言うわけない。わかなだけだ」

わざとおどけて返してみたら、間を空けず真面目な表情が向けられ息を呑む。

雅孝は私の顔にかかった髪を耳にかけ、愛おしげに見つめてきた。

「わかなの気持ちが俺にないと思っていたし、結婚相手はじいさんの意思が絶対なのもわかっていた」

宏昌さんに千鶴ちゃんと結婚するよう告げたのはおじいさまだ。そんな兄を見て、漠然とした自分の未来が現実的なものとなり、雅孝なりに受け入れないとならないと思っていたのかもしれない。

眉をひそめて聞いていたら、雅孝はなにかを思い出したように笑みを零した。

「でもじいさんに言われたんだ。上に立つ者なら周りとの調和を取るのも大事だけれど、本当に欲しいものは、なりふりかまわずに手に入れるくらいじゃないといけないって」

笑いを噛み殺しながら話す彼は、すっきりとした表情だ。

「目が覚めた。じいさんを言い訳に自分の気持ちを誤魔化して、わかなと真正面からぶつかるのを避けていたのは俺自身だったんだ」

『ああ、じいさんに言われたんだ』

『じいさんに言われなかったら、俺はわかなと結婚していなかった』

あのときの雅孝の言葉の意味を理解して、目の奥が熱くなる。

ずっとこの結婚は彼にとって事情があると思っていた。本気じゃないって。胸の奥にチクチクと感じていた痛みが溶けていく。

「あんな形で奪うようにして結婚したのは、わかなのためじゃない。自分のためだ。どうしても、わかなが欲しかった。昔からずっと、わかなだけを愛しているんだ」

すると雅孝が急に眉尻を下げて神妙な面持ちになる。

「長い間、待たせてごめん」

この顔は見たことがある。小学生の頃に遊ぶ約束をして雅孝と待ち合わせをしたとき、彼が大幅に遅れてきた。

『わかな、悪い。待たせてごめん』

時間にすると三十分ほど。当時私はスマホなど持っていなかったから、連絡などないままひたすら彼を待っていた。

だから雅孝が来たとき、つい不満が先に口を衝いて出た。

『遅い！　私、ずっとずっと待っていたんだからね』

彼の顔を見た途端、安心したのと同時に不安な気持ちが爆発した。そんな私に雅孝はなんて返した？

彼は私と目を合わせ、優しく微笑む。その顔は今にも泣きそうだ。

「ありがとう。ずっと待っていてくれて」

視界が一瞬で歪み、つい雅孝から視線を逸らす。言いたいことが、伝えたい気持ちがたくさんあるのにうまく言葉にできない。

私の方こそずっと距離を取って、彼と向き合ってこなかった。たくさん傷つけた。だから、こうしていられるのは雅孝のおかげだ。

「……ありがとう。私をあきらめないでいてくれて」

「むしろあきらめられるのなら、その方法を教えてほしい」

それは私も同じかもしれない。でもたとえ教えられても、きっと雅孝を想う気持ちは止められなかったと思う。再び目が合うとどちらからともなく唇を重ね、求めるように深い口づけを交わしていく。

「んっ……」

厚い舌の感触は独特で、完全にはまだ慣れない。けれどすぐに素直に受け入れられるのは、雅孝とのキスがいつも甘くて心地いいものだからだ。

思いきって自分から舌を絡めようとしたが、突然強引にキスを終わらされる。驚きと共に物足りなさにも似た寂しさを覚え、彼を見つめた。

すると雅孝は一度わざとらしく私から視線をはずし、ぎこちなく笑った。

「今日はいろいろあって、体調だってあまりよくないだろ」

どうやら私を気遣っての判断だったらしい。雅孝の優しさが心に染みる一方で、身の振り方に悩む。

ここは素直に彼の厚意を受け取るべきだ。それが正しい。でも。

離れた距離を縮めるように、私から口づけた。目を丸くした雅孝を視界に捉え、恥ずかしさのあまり彼に抱きつく形で顔を隠す。

「わ、私は大丈夫。だから……だめ、かな？」

こういうとき、もっと気の利いた言い方や色っぽいセリフが絶対にある気がするのだが、あいにく人生経験に対し、私の恋愛スキルはまったく比例していない。

情けないけれど雅孝に今さら取り繕ってもしょうがないし。ただ……。

「いろいろあったから、だからこそ雅孝を感じたいの」

そばにいて、もっと触れてほしい。

自分の中で湧き起こる欲望があふれ出す。とはいえ引かれてしまったのではないかと不安も押し寄せてきた。

突然、抱きしめられたままの体勢で雅孝が私の背中をベッドに預けるように倒れ込み、上になった彼の重みを程よく全身で受け止める。

ゆっくりと私の頭の横に手をつき、体を起こした雅孝の視線が私を捉えた。

「人の気も知らないで……もうやめてやる自信はないぞ」

どこか苦悩めいて余裕のない声と表情にすべて奪われる。目で同意すると唇を奪われ、先ほどの比ではない激しいキスが始まった。

「んっ……んん」

喉の奥から勝手に声が漏れて、応えるどころか翻弄されるだけだった。舌先で口内をくまなく舐め取られ、与えられる刺激に体がびくりと震える。縋るように雅孝の背中に腕を回すと密着度が上がって、自分の体温が上昇している気がした。

吐息も熱い。貪るように求められながら、彼の手は私の頬や頭を落ち着かせるように撫でて、大切にされていると実感する。

いつもより長めのキスに雅孝を求める気持ちが増していって、どういうわけか苦しい。やめてほしいようでほしくない。その塩梅を見計らってか、彼が唇を離した。

わずかに息を乱した雅孝の艶っぽい表情に心臓を鷲掴みされる。一方で自分はどんな顔をしているのかと想像したら、逃げ出したい衝動に駆られる。

肩で息をしていたら、濡れた唇を舐め取られ目を見開いた。

「可愛い」

私の反応が気に入ったのか、雅孝が目を細める。続けて首筋にキスを落とされ反射的に体が強張った。

「ん」

ちゅっと音を立て軽く口づけられただけなのに、ゾクゾクと肌が粟立つ。

唇と舌で刺激しながら、雅孝は私のパジャマのボタンに手をかけ器用に脱がしていき、私は電気がつけっぱなしの状態なことに慌てた。ところが雅孝もさっさと服を脱ぎ捨てていく。引き締まった体に見惚れていると、突然雅孝が訝しげな顔になった。

「ここ、どうした？」

「え？」

どこを指しているのかわからずにいたら、雅孝の指先が私の鎖骨あたりを滑った。

わずかな痛みを感じ、顔をしかめる。

「赤くなってる」

そこで思い出す。おそらく厚彦さんに肩を強く掴まれ、体を起こされたあのときだ。

「あ、あの。これは……」

必死に言い訳を考えるが、私の態度で悟ったらしく雅孝が不機嫌そうに眉を吊り上げた。

「あっ」

そしてなにを思ったのか、その部分に雅孝が舌を這わせ、不意打ちに声が漏れる。

「消毒。他にどこを触られた？」

「さ、触られていない。そもそも厚彦さんは」

狼狽えながらも答えようとしたら、キスで続きを封じ込められた。唇はすぐに離れたが、射貫くような眼差しに息が止まりそうになる。

「他の男の名前は聞きたくない」

低い声が鼓膜を震わせ、とっさに反応できない。再び雅孝は私の皮膚に唇を添わせ始めた。

「上書き。わかなに触れていいのは俺だけだ」

「ん、でも……あっ」

さらにゆるゆると彼の手のひらが肌を撫でて、言い知れない快楽の波にさらわれそうになる。不快感はないものの生理的な涙が視界を滲ませた。

「好き」

意識せずに漏れた言葉に、雅孝の動きが一瞬止まる。彼と目が合い、私は自分の気持ちを再び声に乗せた。

「大好き」

言い終わるのと同時に目尻から涙がこぼれる。ずっと自分の中で固く蓋をしてしまっていた想いをもう隠さなくても、本人に伝えてもいいんだ。

雅孝は私の目元にそっと口づけ、額をこつんと重ねてきた。

「ああ。俺もだよ」

優しい笑顔にますます涙腺が緩む。

「わかなを誰よりも愛してる」

誓いを立てるように口づけられ、素直に受け入れる。

自分で決めて、自分で選ぶ。誰かに幸せにしてほしいなんて思わない。けれど私の幸せには雅孝が必要なの。だから離さないでほしい。

それから他の男性どころか、なにも考えられないほど雅孝に愛されて、私は彼に溺れていった。

梅雨明けし、打って変わって晴れやかな天気が続いている。一日の疲れを癒すバスタイムは、私の楽しみのひとつでもあった。

入浴剤のおかげでややとろみのあるお湯が肌を滑り、水面に揺れる深紅の薔薇が視界と鼻孔を楽しませてくれている。そっと目の前にある薔薇を両手ですくい上げようとしたが、そのすんでのところで回されている腕に力が込められた。

「嬉しい？」

背後から抱きしめられる体勢で尋ねられ、相手の顔は見えないがすぐに返事ができない。

「……嬉しくないと言えば、うそになる」

「わかなは素直じゃないな」

ぶっきらぼうに答えたのに、相手は逆に上機嫌だ。そんな彼に対し、思わず振り返って噛みつく。

「あのね、正直あきれてもいるの！」

数時間前、仕事から帰ってきた雅孝から再度車に荷物を取りに行くので玄関で待っていてほしいと言われ、私は不思議に思いながらもおとなしく従った。一体なにを持ってくるのかと身構えていたら、しばらくして玄関のドアを開けるよう扉越しに指示される。両手が塞がるほどの大荷物なら私も手伝ったのにと慌ててドアを開けたら、私の視界は真っ赤な薔薇で埋め尽くされた。

『わかなにプレゼント』

にこやかに雅孝は告げ、私に大輪の薔薇の花束を渡してきた。全部で何本あるのか、すぐに数えるのが難しいほどの量だ。どの薔薇も立派で、温室でじっくり大切に育てられたのが、見た目や香りから伝わってくる。

一度受け取ろうとしたものの思った以上に花束は重く、よろけそうになってしまい雅孝に支えられながらひとまず玄関に置いた。

『……今日、なにかあった？』

改めて彼の顔を見て、お礼を言う前に質問する。記念日か、仕事絡みか。なにか忘れているのかもしれないと内心で冷や汗をかく。食事も普段通りの献立で、薔薇が似合いそうな赤ワインも用意していない。

すると私の心の中を読んだ雅孝は、小さく噴き出した。

『いいや。ほら、約束しただろ。わかなに九十九本の薔薇をプレゼントするって』

具体的な数字で思い出す。薔薇園に足を運んだとき、たしかに彼とそんな会話を交わした。

『なら可愛い妻のために、わかなへの今度のプレゼントは薔薇を九十九本用意しておく』

そこで話していた内容を彼は律儀に覚えていて、こうして実行したらしい。まったく予想もしていなかった私は、足元にある薔薇をじっと見つめた。

『業者にお願いして薔薇を九十九本用意できたのが、たまたま今日だっただけだ』

補足する彼の回答に胸を撫で下ろした刹那、考えは違う方向に移る。

『って、なんでもないのに薔薇を九十九本も用意したの？』

薔薇一本でもそれなりに値段は張る。予約していたとはいえ、どう考えてもなんでもないプレゼントにしては豪華すぎだ。

『そう。わかなの喜ぶ顔が見たくて』

しかし雅孝はあっけらかんと答えた。毒気を抜かれた私は改めて薔薇の花束に目を遣る。

どれも立派に咲き誇り、芳しい香りを放っている。薔薇の花束なんてもらうのは生まれて初めてだ。ましてやこんな大きなもの。

『ありがとう、雅孝』

やっとお礼を口にすると、正面から抱きしめられた。

『気に入った？』

『うん』

こくりと頷いたら、回されている腕に力が込められた。

『ならよかった』

満足そうな雅孝に自然と笑顔になる。続けてそっと頬に手を添えられ、彼を見上げたらゆっくりと顔を近づけられた。目を閉じて唇に伝わる柔らかくて甘い感触を堪能する。雅孝とのキスはいつも特別だ。

名残惜しそうに唇が離れ、至近距離で目が合う。仕事帰りでスーツを着たままなのも相まって魅力的な雅孝に胸が高鳴る。再び唇が近づき、受け入れそうになったもののふと寸前に冷静になった。

『とりあえずご飯にしよう。準備しているから着替えてきて』

おもむろに顔を背け、やや早口に捲し立てる。すると雅孝は私の唇ではなく額に口づけを落とした。

『わかった』

キスを途中で止めたからか、怒ってはいないが彼は複雑そうな面持ちで笑った。私は腰を落として、薔薇の花に慎重に触れる。

『それで……この薔薇、どうしよう？　さすがに全部は生けられないわよ』

ドライフラワーにしてしまうのも手かもしれないが、せっかくならこの状態の薔薇を楽しみたい。あれこれ考えを巡らせていると、雅孝が余裕たっぷりに微笑みながら頭を撫でてきた。

『大丈夫。ちゃんと考えてある』

どうするつもりなのかと思っていたら彼が提案して用意したのが、この薔薇風呂だった。大量の薔薇の花がぷかぷかと水面を漂い、先日薔薇園で買っていた入浴剤も一緒に使ってなんとも贅沢な空間が出来上がっている。

さすがにテンションが上がり、夕食後に準備してくれた雅孝にお礼を告げ喜々として入浴しようとした。予想外だったのは、雅孝も一緒に入ると彼まで脱ぎ始めたからだ。

嫌な気持ちはないのに、やはりまだ恥ずかしさもあって緊張してしまう。それを誤魔化すようにさっきからつい軽口を叩き合っていた。

季節はすっかり夏になり、ぬるめのお湯はちょうどいい。けれど抱きしめられて密着したところから確実に私の体温は上がっていた。

思いきって自分の前に回されている彼の腕に、手を添えてみる。

「ありがとう。本当に嬉しい。……けれど、あんまりしてもらってばかりだと、返せなくて困る」

素直に喜べない原因はここにあった。雅孝はいつも私のために全力でなんでも叶えようとしてくれる。幸せだと思う反面、私は彼にどれくらい返せているだろうかと不安になる。少しでも彼と対等でいたいだけなのに。

「変な気を回す必要はない。俺がわかなに喜んでほしくてしただけなんだ」

弱々しく白状した私に、雅孝ははっきりとした口調で強く言い切った。目をぱちくりさせ、ちらりと彼をうかがうと真剣な目をした雅孝と目が合う。

「いいんだよ、わかなはこうやって俺に甘やかされて愛されていたら」

そこで彼が近くにあった薔薇を手に取り、そっと私の髪に添えた。

「……わかなには薔薇がよく似合う」

納得した面持ちで優しく微笑まれ、胸が熱くなる。

「ありがとう」

惹かれるように自分から身を寄せ彼に口づける。すぐに唇は離れたが再び雅孝に強引に口づけられた。

「ふっ……」

あっさりと唇の間を割って入り、侵入してきた舌に翻弄される。吐息さえ奪われそうな口づけに、肌にじんわりと汗が滲み、体勢も相まって私から顔を背けてキスを終わらせた。雅孝の顔がまともに見られず、再び前を向いて肩で息をする。

「わかな」

「あっ」

低く掠れた声で名前を呼ばれたかと思ったら、うなじに生温かい感触がある。唇を寄せられたのだと気づいたときには、雅孝は私の肌に唇を滑らせていく。

「やっ……」

身を捩って抵抗しようとしたものの抱きしめられる腕に力が込められ、逃げられない。水面が跳ねて水しぶきが飛んだが、雅孝は何食わぬ顔で唇と舌で私の肌を懐柔していった。

お風呂に入っているのに鳥肌が立ち、ゾクゾクとなにかに攻め立てられる感覚になる。

「や、だ」

「嫌？」

意地悪そうに尋ねられ、耳たぶを甘噛みされた。びくりと体を震わせると雅孝はよしよしと頭を撫でてくる。

「可愛いな、わかなは」

こうなると完全にこちらの分が悪い。さらに雅孝は私の胸に触れ始める。

「もっと可愛いわかなが見たい」

「んっ……ちょっと」

抵抗したいのに、体は与えられる刺激に従順な姿勢を見せる。情けなくて恥ずかしいけれど、雅孝に触れられるのはけっして嫌じゃない。唇を必死に引き結び、声を抑える。

「声、我慢するなって。聞かせろよ」

雅孝は、手のひらや指先を使って触れ方を変えながら、背中に口づけを落としてきた。なけなしの理性が飛びそうになる。このまま流されてしまいたい。

ねっとりした舌が首筋に這わされ、肩を縮めた。

そこで私は思いきって雅孝の方に向くよう体勢を変える。水面が大きく揺れて薔薇が一度バスタブの縁に追いやられた。雅孝と向き合う形になり、私の方が目線が高くなる。

目が合った瞬間、自分から口づけた。

「んっ……んん」

主導権を握ったつもりがあっさり奪われる。雅孝の腕は腰にしっかり回され、もう片方の手は後頭部に伸ばされて逃げられない。ざらつく舌と舌を合わせて、喉の奥から小さな悲鳴にも似た声が漏れる。頭がくらくらして、視界が滲みそうだ。

相変わらず雅孝のキスは巧みで、自分の中にある欲望を掻き立てられる。

唇を離され、彼の手が顎に添えられ親指で濡れた唇を撫でられる。いつもの柔らかい彼の髪は湿り気を帯びて雰囲気がまた違う。前髪の間から覗く双眸は揺らめいて、艶っぽさに心臓が跳ね上がりそうだ。

「もう出て、ベッドに行くか？」

不敵に尋ねられ、私は彼の額に自分のおでこをこつんと重ねた。

「私は……せっかく雅孝が用意してくれたこの薔薇風呂をもっと楽しみたいの！」

真剣に訴えかけ、やっと自分の主張ができた。ところが雅孝は口角をニヤリと上げる。

「へぇ」

その反応の意味がわからずにいたら、胸に唇を寄せられた。

「薔薇の味がする」

驚いて離れる前にきつく吸いつかれ、チクリとした痛みを覚えたのと同時に抗議の声をあげる。

「や、だ。話、聞いていた!?」

「もっと楽しみたいんだろ。ここでする?」

「しない!」

軽い調子に即座に怒気を含んだ声で切り返す。それを悟ったのか、雅孝は腕の力を緩め、代わりに私から彼に抱きつく。

呼吸や鼓動が落ち着くまで雅孝は変に茶化したりせず、頭を撫でてくれていた。

「ね、なんで九十九本?」

ふと気になっていたことを質問する。きりのいい百ではなくあえて九十九にこだわるのには、なにか意味があるのか。

「薔薇も送る本数で意味が違うんだ。百本も〝百パーセントの愛〟で悪くはないけれど、九十九本は〝永遠の愛〟それから……〝ずっと好きだった〟」

顔を上げると真っすぐに見つめられ、雅孝は言い切った。

「嬉しいんだ。たぶん浮かれている。わかなが俺のものになってそばにいて、こうして同じ気持ちでいてくれることに」

そうやって笑う雅孝の表情は、昔と変わらない。私は衝動的にまた彼に口づけた。

「私も同じ。今、幸せでこんなにも満たされているのは全部雅孝のおかげよ」

目を丸くした彼に再び口づけられ、私も応えるように密着する。薔薇の香りと甘い口づけに酔いながら大好きな雅孝の妻でいる幸せを嚙みしめる。

キスの合間に私に触れる彼の左手の薬指には私と同じ結婚指輪がはめられていて、それを視界に捉えて、あふれる彼への想いに目を細めた。

エピローグ

さっきから左手の薬指を何度も眺めるが、そこで重ね付けされた指輪はいつも以上に特別な輝きを放っていた。ネイルは白を基調にパールがアクセントとなり、指輪を引き立てるデザインを意識している。

つい先ほどの挙式で指輪の交換があり、彼の手によって私の左手の薬指に結婚指輪がはめられた。婚約指輪もせっかくなのでと合わせて、今は披露宴に向けてお色直しのためブライズルームで待機している。

残暑が和らいだ九月下旬、今日は私と雅孝の結婚式だった。

九月からソフトウェア業をメインとする株式会社コルンバを立ち上げ、雅孝は代表取締役として日々忙しく過ごしている。この結婚式のタイミングは彼の社長としてのお披露目も兼ねているのだろう。

美容師三人がかりで、私は純白のウエディングドレスから艶やかな色打掛を着せられていた。雅孝から結婚式についてなにか希望があるかと尋ねられたとき、私から出した唯一の希望はこの和装だった。

思った以上に早く支度が整い、むしろ披露宴会場の準備待ちになる。髪型をウエディングドレスのときからあまり変えないのも時間短縮になったようだ。

結婚式には家族や友人、会社関係など多くの人たちが参列している。たくさん心配をかけた理沙は、すでに挙式の段階で目を潤ませていた。共通の友人に結婚を知らせると、驚かれつつお祝いの言葉をたくさん投げかけられ、ある意味披露宴がまた同窓会になったと笑っていた。京華ちゃんからは改めて雅孝との関係を説明され、あれからちょくちょくふたりで会ったりしている。

厚彦さんについては槙野さんに間に入ってもらい、今後私に一切連絡も接近しないよう誓約書を書かせたそうだ。

さらに冬木社長は、ヴィンター・システムの社長として厚彦さんに私生活上の非違行為によって解雇という処分を正式に言い渡したらしい。

彼が契約していたマンションも解約し、親としての援助も断ち切ったと聞いた。

そしていろいろな出来事を乗り越え、無事にこの日を迎えられた。

感慨にふける暇もなく、想像していた以上に新郎新婦はゆっくりできない。

スタッフが一度部屋を出て、ひとりでホッと一息ついているとすぐにドアがノックされる。短く返事をすると準備を終えた雅孝が顔を出した。

「また、がらりとイメージが変わったな。よく似合っている」

私を見た瞬間、彼は嬉しそうに笑った。雅孝はフロックコートからタキシードに変えただけなのであまり時間もかからなかったらしい。髪はワックスで整えていつもより貫禄も増し、それでいてなにを着ても様になる。

見惚れつつ私に近づいてきた彼に微笑みかけた。

「ありがとう。私のワガママ聞いてくれて」

「これくらいはワガママのうちに入らないだろ」

間を空けずに彼から返答がある。

本当は私の色打掛に合わせて雅孝も紋付袴にするところだが、この組み合わせを指定したのは私だ。

「わかなの理想の花嫁を叶えただけだ」

昔、母から見せてもらった両親の結婚式の写真。和装の母の隣に立つタキシード姿の父は緊張しつつ幸せそうな雰囲気が伝わってきた。

父と母が結婚式をしたときの取り合わせに倣ったのだ。子どもの頃の雅孝との会話を思い出す。

「あのときは花嫁になりたいって言ったけれど、相手は誰でもよかったわけじゃない。

本当は雅孝のお嫁さんになりたかった」

ぽつりと呟いたら、雅孝が目を細め私の左手を取った。そして軽く指先に口づけられる。彼は穏やかに笑った。

「なら、あとは世界一幸せにしないと」

もう十分幸せだよ、と言いたいのに声にしたら涙まであふれそうで、ぐっと堪える。

私の髪には薔薇のわかながあしらわれ、ほのかに甘い香りを漂わせていた。

あのとき漠然と思い描いていた夢がこうして現実になっている。それは全部、雅孝のおかげだ。

スタッフに呼ばれ、そろそろ披露宴会場に移動する流れになった。雅孝に手を差し出され、彼の手を取る。

「もう離さない。誰よりも大切にする」

手を握られ、頷く。たくさんすれ違って遠回りした分、これからはずっと一緒にいたい。挙式では参列客に誓う形となったが、彼自身に約束したい。

うしろからではなく隣に並んで、彼と歩き出す幸せな未来がもうすでに始まっていた。

番外編　あきらめられない初恋の叶え方【雅孝Side】

「わかなさん。今日という今日こそは聞かせてもらいますからね」

のんびりグラスを傾けるわかなに、千鶴が珍しく気迫に満ちた顔で詰め寄っている。

彼女はアルコールを口にしていないので酔っていないと思うのだが。

千鶴は妊娠七か月になるらしく、前に会ったときにはほぼ目立っていなかった彼女の腹部は、多少ふっくらしてきた。兄貴の過保護具合が日々増して少々鬱陶しい。それは容易に想像がつく。

十一月となり冷たい風が落ち葉を舞い上がらせ、この二年で気づけば兄弟全員が結婚した。昨年、最初に入籍も挙式もした俺たち夫婦は、とくに大きな変化もなく慌ただしくも穏やかな日々を過ごしている。

今日は久しぶりに兄と弟がそれぞれの妻を連れて、うちのマンションに遊びに来ていた。弟の貴斗の結婚式を終え一度集まろうという話になったとき、千鶴の体調を考慮してわかながうちに呼べばいいのではないか、と提案したのだ。

料理は用意すると言ったが持ち寄りとなり、妻たちはお互いの手料理に舌鼓を打ちつつ作り方を聞き合って盛り上がっていた。そしていち段落し、自然と男どもはテーブルで酒を飲んで近況を話し合い、女性陣はリビングのソファテーブルを囲んでお喋りに花を咲かせている。そこで突然の千鶴の要求が飛び出したのだ。

アプリコットフィズを飲んでいたわかなが目を瞬かせる。

「な、なにを？」

「雅孝さんと結婚したときのお話。聞かせてくださる約束でしたよね？　おふたりの結婚にもおじいさまが関わっていると聞きましたが」

「そうなんですか！　わかなさんと雅孝さんも？」

千鶴に便乗して声をあげたのは貴斗の妻、美幸《みゆき》だ。千鶴に加勢する勢いで彼女もわかなににじり寄った。

「私もぜひ聞きたいです」

「ち、千鶴ちゃん。美幸ちゃん。落ち着いて」

そこで、ちらりとわかなの視線がこちらに向けられた。どう見ても助けを求めている感じだが、気づかないふりをする。

「いいのか。助け舟を出さなくて」

状況を察した兄貴が小声で尋ねてきた。

「あれはあれで楽しくやっているからいいんじゃないか？　それに下手に止めたら千鶴の不満が募るだけだぞ」

しれっとかわしたら、兄貴は〝千鶴〟のキーワードに押し黙った。代わりに貴斗に話を振る。

「貴斗はどうだ？　新婚生活楽しんでるか？」

彼が一番結婚して間もない。正直、兄弟の中ではもっとも他者への関心が薄く、冷たい印象を抱かせる。仕事以外にまめさもないが、結婚してずいぶんと穏やかになった気がする。

「楽しんでいるというより楽しい」

スコッチをたしなんでいた貴斗が真顔で答え、一瞬呆気に取られる。あまりにも意外な切り返しだったからだ。その感想は兄貴も同じだったらしい。

「あの貴斗がなぁ」

しみじみと呟くので、つい悪戯心を乗せて茶々を入れる。

「妻に隠し事をしない方がいいぞ。誰かさんみたいに離婚騒動まで発展するからな」

「肝に銘じておく」

貴斗から素早い返事があり兄貴をうかがうと、苦々しく笑った。

「そうだな。せいぜい反面教師にしてくれ」

その件に関しては申し開きができないらしい。兄貴は相好を崩して俺を見た。

「雅孝がわかなと結婚したときも、めちゃくちゃだったけどな。結果、うまくいってよかった」

そこで今度はこちらにお鉢が回ってくる。同意するように貴斗は大きく頷いた。

「人間何事もあきらめずに、しつこく生きていく大事さがよくわかった」

「一途と言え、一途と」

すかさず切り返し、項垂れる。正しくはあきらめなかったわけじゃない。あきらめられなかったんだ。

それにしても、わかなはなんて答えるのか。意識をリビングに向けたら彼女は綺麗に微笑んだ。

「雅孝とは幼馴染みで昔から知っている仲だけれど、おじいさまに言われなかったら、彼は私とは結婚していなかったと思うわ」

わかなの述べた回答に、一瞬にして場が凍る。ちなみに俺の表情もだ。その流れで女性ふたりの視線がこちらに向けられる。先に口を開いたのは千鶴だ。

「雅孝さん、そうなんですか?」

「で、でもおふたりとも想い合ってはいたんですよね？」

高みの見物を決め込んでいたら、ちゃっかり矛先を転じられた。わかなは素知らぬ顔でまたグラスに口をつけている。

結婚したのは、たしかにじいさんがきっかけの側面も大きい。けれどそれだけじゃない。おそらくわかなは想像もしていないだろうが、俺は彼女が思う以上にずっと前からわかなが好きだった。

わかながいたから今の自分があると思うほど、彼女の俺に与えた影響はどこまでも大きい。

※　※　※

「雅孝。藤峰わかなちゃん。同い年だから仲良くしてね」

わかなと出会ったのは幼稚園の頃。母に紹介されて初めて出会った彼女はにこりともせず、まるで人形みたいだと思ったのが第一印象だ。

くっきりとした目鼻立ちに色白の肌、サラサラの髪は癖のある自分の髪とは対照的で、思わず触れたくなる。

ところが仲良くなろうと話しかけたり、自分のお気に入りのおもちゃを見せてもわかなは無反応だった。

彼女は笑えないのか。

そんなふうにさえ思ってしまう。まったく打ち解ける様子を見せないわかなに苦戦していると、あるときなにげなくテレビに視線を送っている彼女の横顔に突然突き動かされた。

「わかな、こっち来いよ」

手を摑んで有無を言わせずわかなを中庭に連れていく。庭師が手入れする広い中庭は、祖父の自慢で、俺も好きだった。そこで祖父と一緒に庭を散歩したときに見つけた、とっておきの場所に彼女を案内する。

子どもがやっと通れるほどの隙間をくぐり抜けていくと、花に囲まれた少し開けた場所に出た。

「きれい」

花に見惚れているわかなに得意げに説明する。

「秘密の場所なんだ。すごいだろ！　大人はめったに来ない」

そこでこちらを向いたわかなと目が合う。彼女をここに連れて来た理由は、驚かせたかっただけじゃない。

「だから……ここなら泣くのを我慢しなくていい」

そう言うとわかなの瞳が大きく揺れ、彼女の目尻から大粒の涙があふれ出す。静かに泣き始める彼女の隣に座って、頭を撫でた。

彼女は笑えないんじゃない。泣けないんだ。

やっと気づいた。さっき見た横顔が怖いくらい綺麗で、どこか寂しくて。

泣きじゃくるわかなに、少しだけホッとする。ようやくわかなの素顔が見えた気がしたから。

そうだよな。知らない人間ばかりの家に預けられて、母親は入院中で、どれほど心細いか。そんなふうに思いやる考えさえなかった。

「泣きたくなったらまたここに連れて来てやるから。だからもう泣くな。泣くなよ、わかな」

「うん」

できれば今度は笑ってほしい。心からそう思う。

それから、わかなと打ち解け、彼女は徐々に笑うようになってきた。兄や弟よりも自分の方が仲が良く、彼女に一番気を許してもらえているのが嬉しかった。

俺にとってわかなは特別になった。

とはいえいつも仲良くとはいかず、現実はなかなか厳しい。

わかなの大切なぬいぐるみを引っ張って破いてしまったことがある。意地悪をしたかったわけじゃない。彼女がそこまで大切にするものに興味があって、気になったんだ。

しかし、破れたぬいぐるみを抱きしめ、うつむいてなにも言わないわかなに俺はたじろぐばかりだった。泣かせてしまったのか、どうすればいいのか。

「わかった。わかなのお母さんに聞いて同じものか、それよりもっと大きいぬいぐるみを用意してやるから」

子どもなりに精いっぱい考えて導き出した答え。これで彼女は顔を上げて喜んでくれるかもしれない。しかし予想は思いっきりはずれた。

「そうじゃない！」

厳しい表情をしたわかなの剣幕にたじろぐ。さらに彼女は早口に捲し立てた。

「雅孝はわかってない。私にとって、このくまちゃんの代わりはいないの。雅孝はお金持ちかもしれないけど、そうやってお金や家の力でなんでも解決できると思ったら大間違いなんだからね！」

これには子ども心に度肝を抜かれた。

正直、境遇にも恵まれていて要領もいい方だと自覚していた。周りの大人の望む行動を読み取って素直に実行すれば、欲しいものは基本的になんでも手に入る。それでいて兄みたいに後継者という重圧もない。

幼いながら世間を舐めていた節があった。そこを真正面からわかなに突かれた気がした。

「じゃあ、どうしたらいいんだよ」

心のどこかで、同じものかもしくはそれ以上のものを用意すれば、自分の行動は不問にされると思っていた。けれど彼女には通用しない。

俺の疑問に、なぜかわかなまで考える素振りを始める。

「お母さん言ってた。悪いことをして謝るときや、なにか伝えたいときは、ちゃんと心を込めて言わなきゃだめだって」

ああ、そうか。彼女はただ怒るだけじゃない。こうして一緒に向き合ってくれる。

俺はわかなの目をしっかり見て、頭を下げた。

「……ごめん、わかな。大事なものを無理やり引っ張って」

「私も渡さなくてごめんね」

俺が謝ると、わかなも眉をハの字にした。続けておそるおそる彼女に尋ねる。

「また遊んでくれるか？」

「うん！　仲直りしよう」

先ほどまでとは打って変わって彼女は笑顔になって手を差し出してくる。真剣にぶつかってきてくれた分、これで元通りになれたんだとはっきりわかった。

言い訳や上辺だけで取り繕うだけじゃだめなんだ。彼女に教えられた。この出来事は俺の価値観をまるっと変え、ますますわかなが自分の中で特別な存在になっていった。

「あそこまではっきりお前に物申せる女子は、なかなか貴重な存在だぞ」

わかなを見送ったあと、不意に祖父に話しかけられ俺の心臓は跳ね上がる。

「な、な、なんだよ。じいちゃん、見てたのか？」

すぐにわかなとの一件だと察しがつく。祖父が今日は会社に行かず、家で来客の相手をしていたのは知っていたが、まさかあの場面を見られていたとは思ってもみなかったので妙な居心地の悪さを覚える。

「ああ」

ところが祖父はどこか満足そうだ。多く皺のある手で俺の頭を撫でる。意味がわからずに祖父を見上げた。

「ああいう友達は大事にした方がいい」

友達という言葉にどこか引っかかるが、そのときはそれ以上なにも言わなかった。

わかなとの交流は小学校に入学しても相変わらず続いた。

ときには京華や同年代の子どもたちも一緒に遊んだりしたが、その中でもやっぱりわかなだけは違っていた。同じ学区だったのでわかなとは幼馴染みに加え、クラスメートの肩書きも増える。

自分の中で彼女を特別だと思うのは、他者より多くの時間を一緒に過ごしてきたからか。わかなに抱く淡い想いの名前を俺はまだはっきりとよくわかっていなかった。

そんなとき図鑑を見ていると【わかな】と大きく書かれている文字が目に留まった。

白に緑がかった薔薇の品種の名前らしく、初めて見る。

急いでわかなに教えてやろうと思った。花が好きな彼女はきっと喜ぶ。けれどふと思い直す。もしも実物があったら、もっと嬉しいんじゃないか。

きっとそうだ。なにより俺も見てみたい。さっそく薔薇のわかなが欲しいと両親に頼もうと自分の部屋を出た。

『なにか伝えたいときは、ちゃんと心を込めて言わなきゃだめだって』

わかなに言われた言葉がよみがえる。しばらく悩んだあと、両親の元に行こうとした足の向きを別の方向へ変えた。

「じいちゃん」

図鑑を持ったまま、書斎で仕事をしている祖父の元を訪れた。眼鏡をかけている祖父は、机からこちらに視線を寄越す。

「この花って自分で育てられるの？」

【わかな】のページを祖父に見せるように開けて、尋ねた。祖父は目を丸くしたあと、穏やかに笑った。

祖父は薔薇の苗を注文してくれ、最初だけ一緒に植えるところを手伝ってくれた。それから水やりは俺の担当となり、プロの庭師のフォローがあってこそだが、無事にわかなは花を咲かせた。

やっと渡せると気持ちが逸る。わかなはどんな表情をするだろうか。喜んでくれるのか。

数本を小さな花束のようにしてもらい不安と期待が入り交じりながら、わかなに手渡す。

「これ、〝わかな〟っていう薔薇なんだ」

「わかな?」

突然差し出されたものに驚くわかなに、この花の説明をする。自分と同じ名前の薔薇があることに感動したのか、わかなは愛おしげに、薔薇を見つめた。

「これ、お庭に咲いていたっけ?」

「じいちゃんと植えたんだ」

俺が育てた、とまで豪語できない。ぶっきらぼうに答えると彼女は目をきらきらさせる。

「雅孝が育てたの?」

そうストレートに聞かれたら、否定もできない。なんだか照れくさくなり彼女から視線をはずして、やけくそに頷く。するとわかなの勢いはさらに増した。

「すごい!! お花育てるのって大変なのにありがとう!」

満面の笑みを浮かべるわかなに、温かい気持ちになる。俺はこの表情を見たかったんだ。今までの頑張りがすべて報われた気がして、満たされる。

続けてわかなは薔薇を一本手に取り、髪に滑らせて耳の上あたりに留めた。

「どう? 花嫁さんみたい?」

まさかそんな言葉を投げかけられるとは思ってもみなかったので、とっさに反応に困る。

「花嫁さんは、世界で一番幸せなんだって。私もなりたい」

「花嫁になるには結婚する相手がいないとだめだろ」

ここでようやく俺はいつもの調子で返した。今でも十分可愛いから、わかなならきっと素敵な花嫁さんになる。そう言いたいのに、素直になれない。

「そっか。じゃあ、雅孝が結婚してくれる？」

先ほどの比ではないほど、とんでもない発言が彼女から飛び出した。わかなを見ると彼女は純粋な眼差しをこちらに向けてくる。目が合って一瞬で頬が熱くなるのを感じた。

「か、考えといてやってもいい」

ぷいっと顔を背けぶっきらぼうに返す。

わかなみたいに気軽に結婚とか花嫁とか言えない。意識し出すと止まらなくなっていく。俺の中で家族とも友達ともまた違う。わかなだけは別の意味で特別で、彼女には笑っていてほしい。俺のそばにいてほしい。

俺は彼女が好きなんだとやっと実感した。

ただ、あとからこのときに「俺が花嫁さんにしてやるから」とわかなに言わなかったことをいつまでも引きずるはめになった。

わかなに対する想いをはっきりと認識したのとほぼ同時、この頃から自分は灰谷家の人間で、思った以上に自由のない身なんだと実感するようになっていった。

GrayJT Inc. の影響力は大きく、自分に近づいてくる人間がすべて純粋な好意や善意だけを持っているわけではない。制限こそないものの付き合う人間にいちいち口を出されるのは、しょうがなかった。

母親の個人的なつながりのあったわかなは別にしても、京華も祖父同士のつながりがあってこそだ。ここで兄貴みたいに祖父や父の跡を継いで、GrayJT Inc. の後継者となる覚悟も割り切る気持ちもなければ、弟の貴斗みたいに俺には関係ないと言わんばかりにマイペースでいることもできない。

空気を読むのが得意で、聞き分けも、愛想も十分にあると理解している。正直、兄弟の中で要領のよさは一番秀でていると自負していた。自分の立場を悲しくも理解する一方でそれがどこまでも損な性格だというのもわかっている。

とくにわかなに関しては。

中学に入学し、人間関係はより複雑になっていた。異性をしっかりと意識し、昔みたいに男女関係なく一緒に遊ぶ機会はなくなる。

「今度の日曜日、映画行かないか？　このシリーズ好きだっただろ？」

それでも俺はなにかとわかなに話しかけ、誘い続けた。しかし彼女の反応は昔と違い、どこか素っ気なく冷たいものだった。

「……坂野さんとは……もういいの？」

その名前を口に出され、思わず眉をひそめた。彼女は祖父の友人の孫で、なにかと気にかけてやってくれと言われていた。向こうが俺をどう思っていたのかわからないが、無下にはできなかった。それがいつの間にか付き合っているという噂まで流れ、正直、辟易している。わかなにまで言われるのか。

「付き合っていない。ちょっと会社絡みで付き合いがあって、じいさんから彼女によくするようにって言われていたからその通りにしただけだ。告白されたけど断った」

淡々と事実だけを説明する。しかしわかなは綺麗な顔を悲しそうに歪めた。

「なにそれ。家のために坂野さんに優しくしてたの？　ひどい」

ひどいのは振り回されている俺の方だ。けれどわかっている、悪いのはじいさんや両親じゃない。本当に嫌なら祖父たちの意見なんて無視して突っぱねればいい。

そこまで反抗的な態度も取れず、かといって従順に自分の役割だと受け入れるのもできない。中途半端な自分。わかなだけを好きだと言って態度で示せたらどんなに楽なのか。

それもできないくせに近づくんじゃないと、なんとなく彼女に咎められた気になった。

「しょうがないだろ。わかなには、わからない！」

「わからないよ。自分の気持ちよりおじいさまの意思を優先する雅孝なんて！」

柄にもなく感情的に告げたら、わかなも本心でぶつかってきた。しかも、それがまったくの正論で、こちらとしてはぐうの音も出ない。

上辺だけの優しさや感情では大切なことは伝わらない。わかな相手なら尚更。彼女に教えられたはずなのにまた失敗してしまった。

「雅孝くん。私と付き合っている……もしくはふたりで会っていることにしてくれない？」

わかなとは微妙な距離感を保ったまま中学校生活も終わりが見えてきた頃、珍しく実家にやってきた京華があたりに人がいなくなったのを確認し、切り出してきた。

京華の家は俺の家よりさらに厳しく、一緒にいる友人の身辺調査は当然で、親が決めた相手ではない異性との付き合いなんて言語道断だった。

「お願い。ばれたら全部私のせいにして雅孝くんには迷惑がかからないようにするから」

京華は必死に頭を下げて懇願してくる。ここまでされると断るのも気が引けた。なにより、こちらも京華を言い訳にしたら、下手に人間関係に口を出されないで済むかもしれない。わかなと距離ができたあの一件のような出来事は……。

「雅孝くん、まだわかなちゃんが好きなの？」

もしかして、といった口調で尋ねられ、俺は愛想なく肯定する。京華に取り繕ってもしょうがないし、本人に伝えられない分、声に出したかった。

「ああ」

すると京華は大げさに驚いたリアクションをとる。

「え！　健気ねー。しょうがない。ここは私がわかなちゃんの代わりに」

「代わりなんていない」

反射的に俺は言い返した。跳ねのけるような言い方に京華が目を瞬かせる。

「わかなの代わりなんていないんだ」

別の女子と付き合おうと思った。それこそ親がいいんじゃないか、と言う相手と。

けれど、どうしても無意識にわかなと比べてしまう自分がいる。彼女たち自身を見られない。

「わかなちゃんも罪な女ね。私も久しぶりに会いたい！」

「だったらこの話はなしだな」

京華とわかなは俺を通してのつながりだったので、ふたりはお互いに連絡先を知らないし会ってもいない。けれど嘘とはいえ京華と親密な関係を装うのに、わかなを巻き込みたくない。京華の存在や関係を知られて、これ以上彼女と距離ができるのは御免だ。

「冗談よ。よろしくね、雅孝くん」

こうして京華と妙な契約関係を結びつつ高校に進学した。中学はセーラー服だったが、高校ではブレザーとなり、わかなはますます綺麗になった。

正直、わかなが何度か告白されているのは知っている。彼女はけっして首を縦に振らないようだが。けれど高校生になったら、またなにか変わるかもしれない。

わかなを誰にも渡したくない。やはり玉砕覚悟で彼女にきちんと自分の想いを伝えるべきか。葛藤する一方で、母から衝撃的な事実を聞かされる。

わかなの母親が倒れ、手術をすることになったのだと。しかしわかなはいつも通り学校生活を送っていた。むしろ推薦され学級委員長まで引き受けている。

そこで気づく。それはわかなが、なんとかいつも通りに見せているだけじゃないのか？

わかなはいつも自分ひとりですべてを解決しようとする。弱っているところや、つらい気持ちをなかなか外に出さない。

それを俺は、彼女と出会ったときに知ったはずなのに。

ちょうど放課後、教室でひとり居残りをしているわかなを廊下から見つけ、勢いよくドアを開けた。

「わかな」

「な、なに？」

突然現れたうえ、話しかけてきた俺にわかなは驚きの声をあげる。彼女は席に座って、プリントの束を作ってホッチキスで留めていた。おそらく明日のＨＲで使う予定の資料だろう。

彼女の机のそばまで大股で歩み寄る。

「お母さんのこと聞いた。大変なときなんだから、そっちを優先しろ。あとはやっておくから」

母の話では、わかなのお母さんは命には別状はないが、症状はなかなか重く、しばらく入院の必要があるらしい。母親が不在のため、わかなが妹の世話や家事も一手に引き受けているのだと。

「ありがとう。でも大」

「大丈夫じゃない。いいから、頼れ。無理するな」

机に手をついて真剣に訴える。すると彼女の瞳がかすかに揺れ、すぐにうつむいた。続けて小さな声が聞こえてくる。

「あと、お願いできる?」

不安げな声色を安心させるように俺は彼女の頭に手を置いた。

「もちろん。任せておけ」

つい昔と同じ調子で行動してしまったのをわずかに後悔する。わかなに触れるのは久しぶりだ。払いのけられるのを覚悟したが、わかなはそのままゆっくりと顔を上げた。

「ありがとう、雅孝」

俺がなにか返す前に、わかなはてきぱきと帰り支度を始める。そして再度俺にお礼を告げてから彼女は教室をあとにした。

しばらくその場で呆然とする。わかなの泣き出しそうな安堵めいた表情が、脳裏に焼きついて離れない。

ややあって、俺は前髪を掻き上げてため息をついた。

彼女とこんなふうに話したのはいつぶりなのか。わかなの抱えている不安を取り除きたいし、そばにいて力になりたいと思うのは傲慢なのか。俺が守ってやりたいんだ。

やっぱり彼女が好きだと実感しながらも、大変な状況にいるわかなに自分の気持ちを伝えたり、想いを実らせようとする真似はできないと思い直る。けれどせめて、幼馴染みとして寄りかかってもらえる関係ではいたい。

これをきっかけに少しずつわかなとの会話も増え、彼女を気にかけても無下には扱われず、中学とのときの気まずさは徐々になくなった。けれどどこかで一線引かれているのは、嫌でも感じる。

「わかな、いい加減俺と付き合えよ」

「付き合わない」

性格も相まって、彼女にこんな冗談をぶつけられるほどにはなった。軽くあしらわれるのが定番なのだが、本気で拒絶されないことに内心で安堵しているとは、わかなは絶対に気づいていない。

嘘でも「いいよ」と返されるのを期待しつつ彼女の答えは決まっていた。もしも真剣に交際を申し込んだら、わかなはなんて言うだろうか？

今度こそ徹底的に避けられるのか。踏み込まず、踏み込ませず。けれどいつまでもこの状況ではいられないし、いたくない。

地元の大学は経営学に力を入れていて有名な教授もいるため、兄貴に倣ってそこに入学した。わかなも地元を離れる選択肢はなかったらしく、俺たちの縁は続いていた。彼女の母親もだいぶ回復し、自宅療養をしながらリモートワークをしているそうだ。

そして、わかなへの想いを伝えようとした矢先、家庭内である出来事が起こった。

祖父が千鶴との結婚を兄貴に命じてきたのだ。兄貴が断ったら俺か貴斗でも、と言われ息を呑む。結局彼女の相手は兄貴が引き受けたが、なんとも言えない気持ちになる。

ずっとわかっていた。自分たちに自由に結婚相手を選べる権利なんてない。父も兄もそうだったようにすべての決定権は祖父にある。

付き合っているのならいざ知らず、わかなについては俺が一方的に想っているだけだ。彼女は俺との関係の変化を望んでいない。それはもうずっと前から彼女の纏う雰囲気で伝わっていた。

「雅孝くん、私結婚するから。今までありがとう」

大学院の修士課程に進んだ頃、ずっと会っていなかった京華に呼び出される。久しぶりにふたりで飲んでいる最中に、彼女は突然あっけらかんと報告してきた。相手を尋ねたら、祖父の選んだ男性だと続けるので少し驚く。

彼女は俺を隠れ蓑にわりとうまく自由奔放に恋愛を楽しんできた。それがどういう風の吹き回しか。

「だって私たちの関係もそろそろ限界でしょ？　ここ最近、雅孝くんと結婚するつもりはあるのか？　って両親から何度も言われて、潮時だなって」

たしかに学生とはいえ二十歳を超えた今、いつまでもお互いをカモフラージュには使えない。そろそろ両家から具体的に結婚についての話が挙がってもおかしくはなかった。

京華はわざとらしく肩をすくめる。

「雅孝くんには私のワガママでたくさん迷惑かけちゃったけれど、結局いくら反抗しても私は自分の背負っているものを変えられないって気づいたの」

彼女の言葉は今の俺の胸に刺さった。

生まれたときから自分の周りには人と物があふれ、環境的にも経済的にも恵まれていた。その代償に一生自分たちの家や会社に囚われるのだと理解したのはいつだったのか。

「京華はそれでいいのか？」

ある意味、彼女は憧れだった。縛りつけられた家から巧妙にすり抜け、束の間とはいえ自分の意思で恋愛して楽しむ。真似できない俺にとっては、今回の京華のこの決断は、少なからず動揺した。

「うーん、いいかどうかわからないけれど、相手の顔がすごく好みなのよね。正直、性格は世間知らずのおぼっちゃんって感じで、お世辞にもよさそうな感じはしなかったな」

どこか他人事のように淡々と語る京華に、眉をひそめた。

「お前な、そんなので大丈夫なのか？」

「散々好きにしてきたからもう未練はないよ。少しは家のために貢献するわ」

兄貴にしても京華にしても、どうして家のためだと割り切れるのか。そうやって育てられてきたはずなのに、どうして俺は……。

悶々としていたら、ふと京華が飲んでいるカクテルに違和感を覚える。俺がジンライムを選び、彼女はジントニックを注文したのだが、京華はいつももっぱらウォッカベースのものを好んでいた気がした。

指摘すると京華はにこりと笑う。

「雅孝くんはよく人を見てるのよね。そう、今日は特別なの。ジントニックのカクテル言葉は〝強い意志〟。私なりの決意表明のつもり」

京華はカクテル言葉や宝石言葉などに詳しく、なにかにつけてよく説明してくれた。

「せっかくなら、カクテル使ってわかなちゃん口説いてみたら？　ちなみにジンライムのカクテル言葉は〝色あせぬ恋〟だよ」

偶然にしてはあまりにもできすぎていて、俺は苦虫を嚙み潰したような顔になる。

「余計なお世話だ」

そう言って改めて京華と乾杯し、彼女の門出を精いっぱい祝う。俺もいい加減前に進まないとならない。少し前にじいさんから持ちかけられ悩んでいた件について返事をするのを決めた。

『興味があるのならアメリカに行かないか？』

どういう意味合いでじいさんが俺に声をかけてきたのかは、わからない。アメリカにはGrayJT Inc.の本社があり、あちらの大学なら、経営学を学ぶにも最適な環境だ。ゆくゆくは自分の会社を持ちたいと思っていた俺には魅力的な提案だった。博士号を取得する形で留学を考える。ひとまず留学している間は、結婚についてはうるさく言われないだろう。兄貴もじいさんに言われたのがきっかけとはいえ、すっかり千鶴に夢中で相思相愛になっている。

俺もいつかじいさんの選んだ相手でも、ああやって愛せるんだろうか。わかな以外の女性を。

そんな折、大学の同期で集まった飲み会に参加すると、わかなも来ていた。社会人になり、ますます彼女は大人っぽく綺麗になったと感じる。

他愛ない会話で盛り上がり、ときに昔の話をして笑い合う。友人として、幼馴染みとして。これを彼女は望んでいるのか。

「俺と付き合わないか？」

その均衡を崩そうと決めたのは、これが最後だからだと思ったからだ。いつもの軽い感じは微塵も漂わせず、彼女を見つめる。

わかなはどんな反応をするのか。照れるのか、冗談だろうと笑い飛ばすのか。

「付き合わない」

しかしわかなは真剣な面持ちできっぱりと告げてきた。薄寒い夜の風が彼女の声に反応したように凪ぎ、彼女の形のいい唇が再び動く。

「雅孝とは付き合わない、絶対に」

迷いのない声と揺れない瞳が固い意思を表していた。

「……そうか」

これでよかった。すぐにでは無理でも、彼女をあきらめられる。

もしも、わかなが少しでも気持ちに応えてくれたなら、なにをおいてでも優先した。結婚前提のつもりで指輪も用意していたくらいだ。それくらいの覚悟はあった。

でも、どうやらすべて必要ないらしい。

アメリカに渡ったあとは、ひたすら自己研鑽に努めた。厳しくも整った環境に身を置き、優秀な人間に囲まれて切磋琢磨できる日々は充実している。それなのになにかが欠けていて、どうすれば埋まるのかがわからない。焦燥感に駆られながら、とにかく必死だった。

『お前ってGrayJT Inc.の灰谷家の御曹司なのに、全然偉そうじゃないしできた人間だよな。俺の知る後継者って人間は大概甘やかされてろくでもない奴が多いのに』

大学で一緒になった同期にからかわれる。本社のあるアメリカでは日本以上に

GrayIT Inc. の名を背負うのは重たかった。

好意だけではなく値踏みされ、あからさまに敵意を向けられる場合もある。それを笑顔でかわしていると、冷やかし交じりに賛辞された。

『そんなに人間できていない。調子に乗っていた時期も正直あった。ただ……そんな俺に真正面からぶつかって叱ってくれる人がいたんだ』

俺はわかなを思い浮かべて答える。

『そうやってお金や家の力でなんでも解決できると思ったら大間違いなんだからね！』

『悪いことをして謝るときや、なにか伝えたいときは、ちゃんと心を込めて言わなきゃだめだって』

わかなが大事なものを教えて、気づかせてくれた。俺の家柄も立場も関係なく、いつも俺自身に向き合ってくれていた。

『そういう人間は貴重だぞ。大事にしろよ』

大事にできるのなら大事にしたい。誰よりも大切にする自信はあるんだ。

忘れるどころか、わかなへの気持ちをよりいっそう強くして俺は三月末にアメリカから帰国した。

わかなには、もう会う機会はないかもしれない。それどころか誰かと付き合って結婚している可能性だって……。

想いを振り払うはずが、まったくできておらず自己嫌悪に陥る。忘れないとならないのに。

けれど母からおよそ一年前にわかなの父親が亡くなった話を聞き、急に彼女が心配になる。

わかなは大丈夫なんだろうか。彼女は誰かにちゃんと寄りかかれたのか。昔から自分がしっかりしなければと思ってひとりで抱え込む性格だ。

気になるが直接連絡を取るのもためらわれる。あの最後で縁を切りたいとまでは思われていないと信じたいが。

ちょうどその頃、同窓会の案内が届き共通の友人からわかなも参加する旨を聞いて、出席の返事をした。

そこで久しぶりに会ったわかなは相変わらず綺麗で、友人と和やかに談笑しているが、その合間に見せる翳《かげ》りが気になった。父親が亡くなったからか、どこか無理をしているのが伝わってくる。しかも彼女が飲んでいるのがジントニックだった。

『ジントニックのカクテル言葉は〝強い意志〟。私なりの決意表明のつもり』

京華の言葉が脳裏を過ぎる。ただの偶然だ。わかなはきっとカクテル言葉なんて知らないし、意識していない。それなのに、思いつめた表情でグラスをじっと見つめる彼女はなにかを決心しているように見えた。

タイミングを見計らい、彼女に話しかける。会うのは三年ぶりにもかかわらず、そこは付き合い長さか、思った以上にいつも通りに話せた。冗談を交わす余裕も出てくる。

しかし、その間もわかなに対する違和感が拭えない。もっと彼女と話していたいのにそういうわけにもいかず、悪あがきにアプリコットフィズを注文して彼女に勧める。我ながら往生際が悪い。アプリコットフィズのカクテル言葉は〝振り向いてほしい〟だった。

一度振られた身としては、強く出られない。けれどこのまま別れるのが惜しくて先に帰ろうとするわかなのあとを追いかけた。

「もう帰るのか？」

「うん。どうしたの？」

不思議そうな顔をするわかなに、うまく言葉が出てこない。逆だ。俺が聞きたいんだ。

「まだわかなを口説いていなかったからな」

結局、言えたのはいつもの冗談めいたものだった。あきれた顔をするわかなに改めて意を決する。

「ジントニックのカクテル言葉は〝強い意志〟。あまりにも思いつめた顔をして飲んでいたから」

カクテル言葉を出したのはきっかけが欲しかったからだ。なにか深刻なものをわかなが抱えているのは今日彼女に会って直感した。それをなんとか引き出したい。

「わかなは昔から全部ひとりで解決しようとするだろ」

けれど、わかなはなんでもないと誤魔化した。俺には踏み込んでほしくないのか、いつもの強がりなのか。どうか後者であってほしい。

「言ったよな、まだ口説いていないって。俺は今日、わかなに会いにきたんだ」

彼女にどう思われてもいい。ここで手放したら後悔する。そう思って腕を掴んだが、わかなはそれを振りほどいた。

そしてさっさとタクシーに乗ろうとするわかなが、一瞬だけこちらに振り返る。

「雅孝」

名前を呼び、彼女は微笑んだ。

「ありがとう。私も会いたかった」

ドアが閉まり、タクシーは走り出してさっさと車の列に入っていく。しばらく俺はその場を動けなかった。

最後に見た、わかなの表情。たしかに笑っていたが、今にも泣き出しそうな気がした。まるで二度と会えないとでもいうような……。

前髪を乱暴に掻いて項垂れる。

なんなんだ。わかなをあきらめるどころか、こんなにも囚われている。不毛でどうしようもない恋心をいつまで自分は抱き続けるのか。

自分自身にあきれながらも、後日わかなの勤め先について調べてみる。彼女は、大学を卒業後に今の就職先に勤め出し、大変だがいい職場で仕事も楽しいとずっと話していた。それが同窓会では『仕事でいろいろあって』と漏らしていたのでつい気になったのだ。

幸い、ヴィンター・システムはGrayJT Inc.と近い業種で情報は集めやすい。

なにか深刻な人間関係の悩みでも抱えているのか。上司とうまくいっていないのか。

そうこうしているうちに、次の週の土曜日の朝早くに実家に呼ばれた。じいさんから話があるらしく、ついに結婚についてなにか言われるのかと内心で憂鬱な気持ちになる。

アメリカでの生活についての報告は済ませてある。帰国してからはマンションを借りて、そこからGrayJT Inc.の関連会社に勤めつつ自分の会社を立ち上げる準備に奔走していた。

もしかすると会社を立ち上げるなら結婚しろと言われるのかもしれない。部屋に入ると、祖父は書斎机でなにかの書類に目を通していた。

「雅孝。自分の会社を興したいと言っていたな」

「ああ」

やはり、その流れか。余計な発言はせずに祖父の意図を汲むためじっと耳を傾ける。

「アメリカでもずいぶん優秀だったらしいな。ただ、今のままなら会社を設立してもうまくいかないのは目に見えている」

あまりにもはっきり告げるので、思わず反論しそうになる感情を抑え冷静に返す。

「なぜ？」

「お前には、決定的に足りないものがあるからだ」

さすがに動揺を隠せなかった。ここまで言われるほど、俺に足りないものはなんなんだ？

それが顔に出たのか、祖父はゆっくりと立ち上がる。

「お前は昔から器量もよくて周りもよく見えている。自分がどう動くべきなのかを瞬時に理解して、調和を取るのがうまい。与えられた環境に驕らないし、なにより誠実だ」

落とされたかと思ったら急に褒められ出して、不信感あふれる目で祖父を見た。するとこちらを向いた祖父と視線が交わる。

「雅孝は、宏昌みたいに私が結婚相手を決めたら素直に従うのか？」

その質問に目を見開く。すぐには答えられなかった。

自分の運命はわかっていた。俺も兄貴や京華みたいに受け入れないとならない。でも……。

「そういうところだ」

黙っている俺に対し、祖父は厳しい口調で告げたあと、ため息をついた。意味が理解できず、わずかに混乱する。続けて祖父はしっかりと俺を見据えてきた。

「上に立つ者なら、ときには誰になにを言われても、なにを差し置いても本当に欲しいものは、なりふりかまわず手に入れるくらいの貪欲さと意志の強さが必要なんだ。決断しないといけないときに猶予はない」

祖父は俺の方に歩み寄り、手に持っていた資料を肩に乗せてきた。

「それを克服できたら会社の設立も認めてやろう。あとヴィンター・システムについて調べているらしいな。公になっていないが、どうやら今度社長の息子が結婚するらしい。秘書のしっかりした女性を社長が気に入り、条件を付けて息子の結婚相手としてあてがったそうだ」

渡された資料にざっと目を通す。それを見て俺はすぐさま顔を上げた。

「じいさん、さっきの答えはノーだ。俺が結婚したいのは、する相手はひとりしかいない」

言い切って部屋を飛び出そうとすると、祖父が声をかけてくる。

「わかっている。だから私は大事にした方がいいと言ったはずだ」

祖父の言い回しには覚えがあった。

『ああいう友達は大事にした方がいい』

なんだそれ。結局全部わかっていたのか？

とはいえ今はそれを問い詰める余裕もない。けれど妙に余裕が生まれ、いつもの冗談めいた口調で問いかける。

「友達じゃないとしても？」

「それはお前が決めたらいい」

祖父に頭を軽く下げ、今度こそ部屋を出た。資料には、ヴィンター・システムの詳しい内情が記してあり、おおよその状況を把握した。自分でも調べてはいたが、こういうときに祖父の持つ力の偉大さを実感する。

運転士の川瀬さんに声をかけ、俺はわかなの元へと急いた。

そして艶やかに着物を着こなしたわかなから事情を聞き、久しぶりに彼女の弱さを見る。正しい、正しくないはわからない。けれど今は第三者から見た正解も正しさもいらないんだ。

『お父さんがよく言ってるの。そのときに正しいと思った行動を取ればいい。正しさや結果なんてあとからついてくるんだって』

そうやって、わかなが俺に与える影響はいつも計り知れない。

まさに間一髪で奪うようにわかなをさらって結婚した。

それにしてもつい数時間前までわかなと結婚するとは夢にも思っていなかった。それは彼女もだろう。

初めて口づけを交わして、わかなに対する想いがあふれ出しそうになるのを必死で抑えた。

翌日、朝から兄貴がマンションにやってきて、当然と言わんばかりに一連の説明を求めてきた。

「まったく。それにしても突然すぎるだろ」

「だから、事情は説明した通りだって」

軽く返すと、兄貴は急に真剣な面持ちになる。

「お前が急に結婚する気になったのは、会社立ち上げの件で、じいさんに条件を出されていたからか？」

おそらく兄貴は自分のときの経緯と俺を重ねているのかもしれない。さらに兄貴は念押ししてくる。

「この結婚もじいさんが絡んでいるんだろ？」

「ああ、じいさんに言われたんだ」

観念したように頷いた。まさかあんなふうに背中を押されるとは思ってもみなかった。もしかすると祖父は俺が決断するのを待っていたのかもしれない。

情けない。こういうところが、だめだと指摘されたのだと今ならはっきりわかる。

「じいさんに言われなかったら、俺はわかなと結婚していなかった」

あと一歩遅かったらと思うとゾッとする。間に合ってよかった。

俺は兄貴に事情を説明していく。

わかなの父親が亡くなり、そのあとに連帯保証人になっていた事実が判明し一家が多額の負債を抱える事態となった旨。それを肩代わりする代わりに、勤め先の社長から息子との結婚を提案されたが、入籍直前に俺が自分と結婚するように迫って昨日の流れになったことなど。

兄貴は眉間に皺を寄せ、複雑そうな面持ちで話を聞いていた。そして、重々しく口を開く。

「雅孝の気持ちはわかった。でもこんなやり方で結婚したら、けっして対等にはなれない。お前がどんなに彼女を想っていても」

「わかっている。俺のやっていることはわかなの元婚約者と同じだ」

わかなに選ばせたつもりで、実際は選択肢を与えなかった。いくら気にするなと言っても、彼女が引け目を感じないわけない。これで俺はわかなに自分の気持ちを伝えられなくなった。好きだと言ったら、わかなが俺をどう思っていても応えようとするだろう。そんなものは望んでいないにもかかわらずにだ。

「それでも、他の男に持っていかれるよりよっぽどいい。いつか俺と結婚してよかったって必ず思わせる」

　これだけは揺るがない。後悔もしていない。それはどうかわかなも同じであってほしい。

「俺がお前でも同じ行動を取っていたと思うよ」

　どこか安堵めいた表情で兄貴はマンションをあとにしていった。

　長期戦なのは覚悟の上だ。今まで想い続けた年月の長さに比べたらどうってことはない。ひとまず彼女は俺のものになったんだから。

※　※　※

　強引に入籍して始まった結婚生活もそろそろ一年半が経とうとしている。立ち上げた会社も順調で、忙しくも満たされた日々を送っていた。すべてはわかなが隣にいるからだ。

　兄と弟夫婦を玄関で見送り、先ほどまでの賑やかさが嘘のように部屋は静かになった。軽く片付けを済ませ、ソファで一息ついているとコーヒーのいい香りが鼻を掠める。

キッチンからやってきたわかなはカップをふたつ手に持ち、ひとつを俺に差し出してきた。

「お疲れさま」

「そっちこそ」

軽く返して受け取ると、彼女は隣に腰を下ろしてくる。ネイビーのニットにベージュのギャザースカートを合わせていて、こういった落ち着いた雰囲気のファッションは彼女の好みだ。ボディラインが綺麗に出ていて、見惚れる反面やきもきもする。

「さっきの話」

おもむろに口を開くと、わかなの視線がこちらに向いた。そっと彼女の髪に手を伸ばして続ける。

「結婚のきっかけ、わかなはそんなふうに思っていたのか？」

俺の問いかけにわかなは目をぱちくりとさせた。

『雅孝とは幼馴染みで昔から知っている仲だけれど、おじいさまに言われなかったら、彼は私とは結婚していなかったと思うわ』

兄貴や貴斗も似た状況だったところもあるので、それぞれの妻にうまくフォローしつつあの場はひとまず落ち着いたが、どうしても本人に確認しておきたかった。

「あれは」

「たしかにあのタイミングだったのは、じいさんに言われたのも大きかった。けれど俺は、じいさんに関係なく、わかなをさらっていったと思う。今も昔も俺が好きなのはわかなだけなんだ」

彼女の言葉を遮り、きっぱりと言い切る。以前、わかなは千鶴に結婚したきっかけについてなにか漏らしていたようだった。少しでも不安や不満があるのなら取り除きたい。

ところが真剣に告げたのにもかかわらず、次の瞬間わかなは小さく噴き出し、笑い出した。

「なんで笑うんだよ？」

さすがにこの反応には面食らう。

「だって……あまりにも雅孝が必死だから」

「どう考えても必死になる案件だろ」

真面目に返したあと、なんだか妙な安堵感が込み上げてきた。悲しげな顔をされるより、よっぽどいいのかもしれない。

わかなは一度テーブルにカップを置いてから改めてこちらを見た。

「ごめんね、ちょっと意地悪しちゃった。大丈夫よ。不安になるときもあったけれど、雅孝と結婚してこうして一緒に過ごして、ちゃんとわかっているから」

その表情に迷いはなく、変わらないわかなの笑顔に昔から胸をときめかせてきた。

「それにしても、まさかまた告白してもらえるなんてね」

はにかむわかなに不意打ちで口づけると、彼女は驚きつつキスを受け入れた。コーヒーの味がほのかにするが、苦さはなく甘い。ずっとこうやって触れて、俺だけのものにしたかった。

そっと唇を離し、至近距離で目が合う。

「何度だって伝えるし誓うよ。わかなを愛している。誰よりも幸せにしてみせる」

わかなはにこりと微笑んだ。

「ありがとう。雅孝と結婚して、夫婦になって本当に毎日幸せよ」

柄にもなく熱いものが込み上げてきそうになり、それを誤魔化すため再び唇を重ねる。

しっかり俺をサポートしたいからと、会社を立ち上げて最初の一年は子どもを考えないでおこうと言ったのは彼女からだった。けれど順調に一年が過ぎ、そろそろ改めてもいいのかもしれない。

提案したら、わかなはどんな反応をするだろうか。できれば照れつつも笑って頷いてくれると嬉しい。

泣くのを我慢させたくない一方で、ずっと笑ってほしかった。わかなのためならなんでもできる。だから幸せそうな顔を見せてほしい。願わくば俺の隣で永遠に。

END

あとがき

初めましての方も、お久しぶりの方もこんにちは。黒乃梓《くろのあずさ》です。

このたびは『想定外ですが最愛の幼馴染みに奪われましょう～初恋夫婦の略奪婚～』を手に取っていただき、またここまで読んでくださってありがとうございます。

お気づきの方も多いと思いますが、今作は私のマーマレード文庫三作目にして、灰谷家の三男『初対面ですが結婚しましょう～お見合い夫婦の切愛婚～』、長男『愛されていますが離婚しましょう～許婚夫婦の片恋婚～』に続く次男編となり、シリーズ最後の物語となりました。

どの話も単体で楽しめますので気になったらぜひチェックしてみてください。

まさかこうして三兄弟すべての物語を書籍としてお届けできるとは夢にも思っていませんでした。これもひとえにいつも応援してくださる読者さまのおかげです。本当にありがとうございます。

実は一番難産だったのは、今作です（笑）何度も何度もプロットを練り直して手を加え、それでも最初から決めていたのは、訳あり結婚直前のヒロインをヒーローが奪うというものでした。

結果的に幼馴染みの長年両片思いカップルが、想いを通わせ合えるまでをじっくり書けてとても嬉しく思います。三兄弟で一番一途な雅孝でした。

シリーズとして終わってしまうのは寂しくもありますが、安崎羽美《あんざきうみ》先生の作画で『初対面ですが結婚しましょう』のコミカライズが連載され、単行本も発売中です。こちらに三兄弟とそれぞれのヒロインも全員そろいますので、ぜひお楽しみくださ い！

最後になりましたが、こうして三兄弟全員書かせてくださったマーマレード文庫編集部の皆さま、いつも寄り添ってくださる担当さま、美麗な雅孝とわかなを描いてくださった南国《なんごく》ばなな先生。（わかなの髪飾りにご注目ください！〝わかな〟なんですよ）

この作品の出版に携わってくださったすべての方々にお礼を申し上げます。

なにより今、このあとがきまで読んでくださっているあなたさまに心から感謝いたします。本当にありがとうございます。

それではまた、どこかでお会いできることを願って。

黒乃梓

マーマレード文庫

想定外ですが最愛の幼馴染みに奪われましょう
～初恋夫婦の略奪婚～

2022年10月15日　第1刷発行　定価はカバーに表示してあります

著者　黒乃 梓　©AZUSA KURONO 2022
編集　株式会社エースクリエイター
発行人　鈴木幸辰
発行所　株式会社ハーパーコリンズ・ジャパン
東京都千代田区大手町1-5-1
電話　03-6269-2883（営業）
0570-008091（読者サービス係）
印刷・製本　中央精版印刷株式会社

ISBN-978-4-596-75419-6